Leichenraub mit Eichenlaub

Andreas Giger, geboren 1951, lebt und arbeitet als freier Zukunfts-Philosoph, Sozialforscher, Autor und Fotograf im appenzellischen Wald AR. Im Emons Verlag erschienen «Eine Leiche in der Bleiche» und «Mord im Nord».
www.gigerheimat.ch
www.appenzellerkrimi.ch
www.spirit.ch

ANDREAS GIGER

Leichenraub mit Eichenlaub

DER DRITTE APPENZELLER-KÄSE-KRIMI

emons:

Bibliografische Information der Deutschen Bibliothek
Die Deutsche Bibliothek verzeichnet diese Publikation
in der Deutschen Nationalbibliografie; detaillierte bibliografische
Daten sind im Internet über http://dnb.d-nb.de abrufbar.

© Hermann-Josef Emons Verlag
Alle Rechte vorbehalten
Umschlagfoto: © mauritius images/Artur Cupak
Umschlaggestaltung: Tobias Doetsch
Gestaltung Innenteil: César Satz & Grafik GmbH, Köln
Druck und Bindung: CPI – Clausen & Bosse, Leck
Printed in Germany 2013
ISBN: 978-3-95451-141-9
Originalausgabe

Unser Newsletter informiert Sie
regelmässig über Neues von emons:
Kostenlos bestellen unter
www.emons-verlag.de

Viel früher

Ihr linker Fuss tat höllisch weh. Jetzt, da die Phase direkt nach der Verletzung abebbte, in der irgendetwas in ihrem Körper den Schmerz unterdrückt hatte, um allenfalls doch noch eine Rettung zu ermöglichen, musste sie sich eingestehen, dass sie so nicht mehr weit kommen würde.

Vielleicht zweihundert Schritte weiter unten war sie gestolpert, was sie zu einer Bewegung ihres linken Fusses gezwungen hatte, die direkt im Spalt zwischen zwei Steinen endete. Und als sie daraufhin das Gleichgewicht verloren hatte und gestürzt war, verdrehte es ihren eingeklemmten Fuss, und sie hörte ein hässliches Krachen, von dem sie sofort wusste, was es bedeutete: einen Knochenbruch. Da genau in diesem Moment der bisher nur leichte Schneefall immer stärker wurde, hatte sie sich instinktiv den Hang hochgeschleppt, um unter einem überhängenden Felsen direkt am Gletscherrand Schutz zu suchen.

Allmählich wurde ihr kalt. Sie war nicht für einen längeren Aufenthalt in der Kälte dieser Höhe ausgerüstet. Und zudem, musste sie sich jetzt eingestehen, hatte sie ganz gegen ihre Gewohnheit zu wenig auf das Wetter geachtet. Sie, die Naturvertraute, hätte sonst die schwachen Anzeichen richtig gedeutet, die auf einen Wetterumschwung hinwiesen. Und das konnte jetzt am Ende des Alpsommers nur Schlechtes bedeuten: Regen oder gar Schnee und empfindliche Kälte.

Ihre innere Unruhe und Angespanntheit hatten, so erkannte sie jetzt, auch zu ihrem unheilvollen Stolpern geführt. Schliesslich war sie es gewohnt, in diesen Höhen herumzukraxeln. Niemand hatte ihr das beigebracht, denn niemand sonst tat das. Die Berge galten ihren Zeitgenossen als unheimlich und bedrohlich, und die Vorstellung, sich freiwillig da hinaufzubegeben, hätte ihnen als Idee des Teufels gegolten. Sie wusste das wohl und hatte deshalb keiner Menschenseele jemals von ihren Ausflügen hinauf zu den Gipfeln erzählt.

Darauf gekommen, dass auch weit oberhalb der Sommeralpen nicht der Leibhaftige hauste, sondern Freude an der eigenen Bewegung und ein unvergleichlicher Blick lockten, war sie, als sie vor einigen Jahren einer Ziege nachstieg, die sich weit hinaufverirrt hatte. Sie hatte sie gefunden und war von da an immer wieder hinaufgestiegen, hatte Wege und Durchschlupfe entdeckt und gelernt, sich in dieser allen anderen unbekannten Welt sicher und gewandt zu bewegen.

An all das dachte sie, und sie bereute nichts, obwohl ihr ihre Leidenschaft jetzt den sicheren Tod einbringen würde. Es war ihr klar, dass sie es mit ihrem verletzten Fuss weder zurück zu ihrer Alp, wo auch niemand auf sie wartete, noch über den Bergkamm hinunter zur anderen Alp, die ihr Ziel gewesen war, schaffen würde. Und ebenso sicher war, dass niemand sie hier oben suchen würde. Fraglich war nur, wie sie sterben würde, ob am Wundfieber, durch Verhungern oder durch Erfrieren. Sie hoffte auf den Kältetod, denn sie hatte gehört, dass dieser ganz angenehm sein solle. Und so, wie es jetzt trotz der mittäglichen Stunde immer kälter wurde, würde dieser sie wohl ereilen.

Vor dem Tod fürchtete sie sich nicht. Sie wusste, dass ein besseres Jenseits auf sie wartete, denn sie hatte sich in ihrem Leben nie etwas ernsthaft Böses zuschulden kommen lassen und hoffte auf die Gnade des Allmächtigen. Gut, sie war ein Leben lang eine starke und unabhängige Frau gewesen, etwas in ihrer Zeit sehr Ungewöhnliches, doch in der stillen Zwiesprache mit der Gottesmutter weit oben in Fels und Eis, wo sie sich der heiligen Maria besonders nah fühlte, hatte sie sich darin bestätigt gefühlt, dass Mut und Eigensinn auch für eine Frau durchaus gottgefällig sein konnten.

Wohl hatte nicht nur der Priester, sondern das halbe Dorf getuschelt und ihr böse Blicke zugeworfen, als sie darauf bestanden hatte, die Sommeralp, die sie als einziges Kind ihres Vaters zusammen mit einem winzigen Hof im Tal geerbt hatte, selbst zu bewirtschaften. Doch sie hatte das ignoriert und ihren Willen durchgesetzt. Dank ihres Fleisses und ihres Geschicks im Umgang mit den Tieren hatte sie es geschafft, in diesem Sommer drei Kühe und zwei Dutzend Ziegen auf die Alp zu treiben, die sie alle ihr Eigen nennen konnte. Und in keiner Zeit des Jahres war sie so glücklich und ganz bei sich wie in den wenigen Wochen oben auf der Alp.

Nein, sie bereute nichts. Ausser, dass ihre Entdeckung jetzt wohl für immer verschwinden würde. Ihr ganz spezieller Käse, den sie auf einem Holzgestell auf dem Rücken getragen hatte. Zum Glück hatte sie ihn mit einer Hanfschnur gut angebunden, sodass er bei ihrem Sturz nicht davongeflogen war. Wider alle Vernunft hatte sie den Käselaib bis zu ihrem jetzigen Unterschlupf hochgeschleppt, obwohl er schwer wog und ihre Bewegungen zusätzlich behinderte.

Diesen Käse auf die andere Seite des Berges zu bringen, war das Ziel ihres überstürzten Aufbruchs gewesen. Sie hatte eigentlich schon am Vortag aufbrechen wollen, weil sie wusste, dass der Käsehändler, den sie unbedingt treffen wollte, sich nicht mehr lange auf der anderen Alp aufhalten würde, doch dann war ihr eine kranke Kuh dazwischengekommen. An diesem Tag nun war ihre letzte Gelegenheit, dem Käsehändler ihre neue Schöpfung vorzuführen.

Gekäst hatte sie natürlich schon viele Sommer. Am Anfang nach alter Väter Sitte, dann immer mehr auch nach eigenen Ideen. Die wichtigste davon war, dass sich der Geschmack der Alpkräuter im Käse nicht nur durch die Milch entfalten sollte, also gleichsam auf dem indirekten Weg durch die Mägen der Kühe, sondern zusätzlich auch durch direkte Einwirkung auf die reifenden Käselaibe. Sie hatte manches probiert, mit frischen und getrockneten Kräutern, mit Räuchern und direktem Einreiben, mit Kräutersalzen, doch das Ergebnis hatte sie immer enttäuscht.

Diesen Sommer nun hatte sie ihren ersten Käselaib in ein Beet von Kräutern gelegt, als ihr versehentlich ein paar grosse Tropfen aus ihrer Schnapsflasche da hineinfielen. In diesem Moment hatte sie ein inneres Bild gesehen, das sie alsbald in die Tat umsetzte. Sie löste ihre bevorzugte Kräutermischung in Alkohol und rieb mit der so gewonnenen Flüssigkeit regelmässig ihre Käselaibe ein. Die ersten so behandelten Laibe waren jetzt herangereift, und diesmal hatte der Geschmack selbst ihre eigenen hohen Erwartungen übertroffen.

So sehr, dass sie unbedingt den Käsehändler treffen musste, von dem sie wusste, dass er seine städtischen Kunden in den besseren Kreisen hatte, wo man für einen aussergewöhnlich guten Käse gerne einen höheren Preis zahlte. Obwohl natürlich der grössere Teil dieses Mehrerlöses in den Taschen des Händlers verschwinden würde – etwas *davon würde auch ihr bleiben. Und das konnte sie nun wirklich gut gebrauchen.*

Ihr Musterkäse würde jetzt mit ihr verschwinden und nie unter die Leute kommen. Zwar lagen unten in ihrer einfachen, aus den Steinen der Umgebung aufgerichteten Schutzhütte noch einige Laibe. Und vielleicht würde man diese im nächsten Sommer finden, falls ihre Dorfgenossen doch noch nach ihr suchen würden. Vermutlich würde er ihnen schmecken, doch sie wüssten nicht, wie sie ihn selbst machen konnten. Ihre eigene Kräutersulz war aufgebraucht, und ein Rezept hatte sie auch nicht hinterlassen, denn sie konnte weder lesen noch schreiben. Es blieb ihr nur die Hoffnung, jemand von denen, die ihren Käse kosten würden, sei von dessen Geschmack so überzeugt, dass er nach den Geheimnissen seiner Herstellung suchen und sie schliesslich sogar finden würde.

Von dieser Hoffnung etwas getröstet, versank sie immer mehr in einen Dämmerschlaf, der sie bald friedlich ans andere Ufer tragen würde. Doch dann schrak sie noch einmal auf. Was der Schmerz und die Erinnerungen an die vergangenen Stunden und Tage bisher erfolgreich beiseitegeschoben hatten, drängte sich jetzt mit Macht in ihren Kopf. Die Erinnerung an das Einzige, womit sie in ihrem Leben nicht Frieden geschlossen hatte und wohl auch jetzt nicht schliessen konnte: ihre unglückliche Liebe.

Ausgerechnet sie, die Aussenseiterin ihres Dorfes, hatte der stattliche junge Mann auserkoren, und das, obwohl man munkelte, seine Eltern, immerhin Besitzer von stattlichen fünf Kühen, seien sich mit den Besitzern des noch grösseren Nachbarhofs, die zehn Kühe besassen, einig geworden, dass deren Tochter und ihr Sohn heiraten sollten, um gemeinsam einen wirklich grossen Hof bilden zu können.

Doch der junge Mann hatte sie mit tausend Liebesschwüren ganz irre gemacht, so lange, bis sie sich ihm trotz fehlenden Ehegelöbnisses schliesslich hingegeben hatte. Noch als sie ihm davon erzählte, war sie davon überzeugt, das in ihr wachsende Leben werde ein Kind der Liebe sein. Doch er war daraufhin kalt lächelnd davongegangen, ohne ein Wort, und hatte sie seither behandelt wie Dreck.

Ihr Kopf sagte ihr, dass es wohl besser sei, dieses Kind käme gar nicht zur Welt, als dass es das harte Dasein eines unehelichen Bastards ertragen müsse. Doch ihr Herz schmerzte jetzt wegen der Erinnerung an ihre verlorene Liebe fast noch mehr als ihr Fuss, und dieser Schmerz brachte sie dazu, sich mit verzweifelten Worten an ihren verlorenen Liebsten zu wenden, der ihr in ihrer Einbildung jetzt lächelnd gegenüberstand. Und je öfter sie diese Worte wiederholte, desto mehr wurde ein gesungenes Lied daraus:

«Aber, erinnerst du dich nicht? / Erinnerst du dich nicht an den Grund, / warum du mich damals liebtest? / Liebster, bitte erinnere dich noch / einmal an mich!»

Wieder und wieder hallten diese Worte in ihrem Kopf wider, bis sie allmählich leiser wurden und einer immer tiefer werdenden Gleichgültigkeit Platz machten, die sich zum Schluss sogar in eine Ahnung von Versöhnung auch mit diesem Teil ihres Schicksals wandelte. Dann war nichts mehr ausser der vertrauten Empfindung, in den Schlaf zu gleiten. Und schliesslich gar nichts mehr.

Ausserhalb des geschützten Platzes ihrer letzten Ruhe hatte mittlerweile ein heftiger Schneesturm eingesetzt. Er war der Vorbote eines Klimawandels, den die Forscher siebenhundert Jahre später die «Kleine Eiszeit» nennen würden und der auch diesen Gletscher mächtig wachsen liess, weniger in der Länge als vielmehr in der Höhe. Es dauerte nicht lange, bis die Leiche vollständig von gefrierendem Schnee umschlossen war, der sich bald in blankes Eis verwandeln würde.

Die Entdeckung

Je höher ich auf dem Pfad zum Lötzisalpsattel hinaufstieg, desto leiser wurden die Musikfetzen, die von der jetzt schon beinahe dreihundert Höhenmeter tiefer liegenden Alp Mesmer heraufwehten. Dort fand an diesem Wochenende ein Freiluft-Musikfestival der besonderen Art statt. Es hiess MAM, und das stand für «Musikalischer-Alpen-Mesmerismus». Für Nichteingeweihte: Musikalischer Mesmerismus ist eine neue Musikrichtung, die sich auf den deutschen Mediziner Franz Anton Mesmer (1734–1815) beruft. Dieser Mesmer hatte die Theorie des «animalischen Magnetismus» erfunden und war seinerzeit wegen seiner Hypnosebehandlungen berühmt. Die hypnotische Wirkung von Klängen bildet folgerichtig den Kern des musikalischen Mesmerismus, in dem sich ganz unterschiedliche Stilarten fruchtbar mischen.

Im Alpenraum hat sich eine besondere Spielart davon entwickelt, und deren wichtigste Vertreter traten nun am MAM-Festival auf. Dafür als Austragungsort eine Alp zu wählen, lag nahe, doch die Idee mit der Mesmer-Alp war schlicht genial, und so war es denn auch kein Wunder, dass trotz eines zweistündigen Anmarsches ein paar hundert Fans den Weg hinaufgefunden hatten – darunter auch Adelina und ich.

In meinem Fall wäre es allerdings übertrieben, von einem Fan zu sprechen. Ich fand einiges ganz interessant und anregend, aber so richtig begeistern konnte ich mich für den musikalischen Mesmerismus nicht. Adelina dagegen fuhr völlig darauf ab, wie sie selbst sagte. Als sie deshalb im Internet die kurzfristig geplante Veranstaltung entdeckte, war es ihr völlig klar, dass wir da hingehen würden. Wie hätte ich ihr diesen Wunsch abschlagen können? Sie war jung und hatte das Recht, etwas zu erleben, auch wenn es mir altem Knacker besser gepasst hätte, in Ruhe zu Hause zu bleiben.

Getröstet hatte mich schliesslich die Aussicht auf ein warmes und trockenes Wochenende, an dem wir für das Übernachten nicht einmal ein Zelt brauchen würden. Geglaubt hatte ich dieser Wetterprognose deshalb, weil es in den letzten Monaten eigentlich nur *eine* dauerhafte verlässliche Vorhersage gegeben hatte: heiss und trocken. Dieser Sommer würde denjenigen von 2003 noch übertreffen. Selbst jetzt, bald Mitte September, fielen die Temperaturen auf der Mesmer-Alp, die immerhin tausendsechshundert Meter hoch liegt, nicht unter einen Wert, den man in einem guten Schlafsack ohne zu frieren aushält. Jedermann wusste zwar, dass dieser erneute Beleg für die Klimaerwärmung kein gutes Zeichen war, doch niemand kümmerte sich in diesem Sommer wirklich darum, weil alle dieses Wettergeschenk freudig genossen. Wie Adelina und ich an diesem Wochenende.

Die Alpabfahrt, also der Abtrieb der Kühe hinunter von den höchsten Sommeralpen ins Tal, war bereits vorbei, sodass das Festival niemanden, vor allem keine Tiere, mehr stören konnte. Die Landbesitzer und der Wirt des Berggasthauses Mesmer hatten sich als ebenso flexibel wie geschäftstüchtig erwiesen, sodass der kurzfristigen Organisation nichts im Wege stand. Und da sich das Ereignis im Internet blitzschnell herumgesprochen hatte, war die Alp jetzt gut bevölkert.

Zu gut für meinen Geschmack. Ich hatte das musikalische Programm des Samstagabends ebenso genossen wie das Schlafen neben Adelina am Rande des Übernachtungsplatzes, doch jetzt, gegen Mittag am Sonntag, empfand ich eine gewisse Übersättigung und begann, mich nach Ruhe und Alleinsein zu sehnen. Adelina spürte meine Unruhe und schlug mir vor, für eine Weile auszuscheren und loszustiefeln.

Ich hatte das Angebot dankend angenommen und versprochen, in rund zwei Stunden zurück zu sein oder mich anderenfalls per Handy zu melden. Adelina wusste bereits aus Erfahrung, dass ich in solchen Dingen zuverlässig bin, entliess mich mit einem Kuss und versank dann wieder völlig in ihrer Musikwelt, während ich mich auf den Weg machte.

Ich wollte allerdings nicht nur weg von musikalischem Lärm und Menschenmassen, ich hatte auch ein bestimmtes Ziel vor Augen, nämlich den Blau Schnee. Der Blau Schnee wird von Experten liebevoll als Gletscherchen bezeichnet oder auch als Gletscherzwerg, der allerdings trotz seiner geringen Grösse ein sehr interessantes Objekt sei. Dieser kleine Gletscher liegt unterhalb des Säntisgipfels und zählt zu den am tiefsten gelegenen in den Schweizer Alpen: Seine mittlere Schneegrenze von nur gerade zweitausenddreihundert Metern über dem Meer liegt in einem Bereich, in dem überall sonst in den Alpen an Gletscher nicht zu denken ist. Ursache dafür seien laut Fachleuten die schattige Lage sowie die extremen Schneemengen in dieser Gegend.

Trotz dieser tiefen Lage gehört der Blau Schnee zu den ganz wenigen Gletschern, die seit 1950 nicht massiv geschrumpft, sondern eher noch grösser geworden sind. Und die Glaziologen haben herausgefunden, dass der Gletscher in Kälteperioden weniger in die Länge als vielmehr in die Höhe gewachsen war.

All das hatte ich erfahren, als ich wieder einmal auf der Suche nach ungelösten Appenzeller Geheimnissen war. Dabei war mir auch die ziemlich bekannte Sage vom Blau Schnee begegnet.

Sie berichtet davon, dass unter dem heutigen Gletscher einst fruchtbares Weidegebiet gelegen haben soll. Doch dann begeht der Senn zusammen mit seiner Braut etliche Frevel. Sie verschwenden Milch und Käse für übermütige Spiele. Vor allem aber kümmert sich der Senn keinen Deut um seine alte, kranke Mutter. Und als diese schliesslich vom Hunger geplagt selbst hinaufsteigt und um etwas zum Essen bittet, bekommt sie höhnisch nur Schweinefutter angeboten.

Das bleibt natürlich nicht ungestraft. Am Tag der geplanten Alpabfahrt zieht ein so schreckliches Unwetter auf, dass die Leute unten im Tal schon den Weltuntergang befürchten. Die Welt geht zwar nicht unter, doch lang anhaltender Schneefall begräbt den Senn samt Braut und Vieh lebendig unter sich.

Und so liegen alle seit langer, langer Zeit tief unter dem Eis des Blau Schnees.

Diese Möglichkeit wurde zwar von Fachleuten bestritten: Selbst wenn der Blau Schnee ganz verschwände, käme darunter doch nur Fels und Schutt zum Vorschein. Hingegen sei es gut denkbar, dass die Sage symbolischer Ausdruck dafür sei, dass in Kälteperioden wie während der Kleinen Eiszeit drastische Klimaveränderungen stattfinden. Während einer solchen Klimaphase bleibt der Schnee auf den hoch gelegenen Alpen auch im Sommer liegen, wodurch die Alpwirtschaft grosse Ertragseinbussen erleidet.

Diese Informationen hatten mein Interesse geweckt. Ich war noch nie am Blau Schnee gewesen und selten so nah dran wie auf dem Mesmer: Wenn ich einen meiner berühmten Aufwärtssprints einlegen und mich damit begnügen würde, zum unteren Gletscherrand zu steigen, könnte ich es in zweieinhalb Stunden hinauf- und wieder hinunterschaffen. Ich hatte bei meinem Aufstieg also ein klares Ziel vor Augen.

Es war fast ganz still geworden, als der Wind einige Klänge zu mir heraufwehte, die in meinem Kopf eine spontane Assoziation auslösten: Ohrwurmartig erklang dort jetzt mein absoluter Lieblingssong von Adele: «Don't you remember». Adelina und ich hatten ihr Album gegen Ende unseres zweiten Falls kennengelernt, und ein Song daraus hatte eine nicht unwesentliche Rolle gespielt, als wir beschlossen, auf unsere Art zusammenzuleben. So stand diese CD für uns beide während langer Zeit weit oben auf der Liste der gemeinsamen Favoriten, wenngleich wir nicht unbedingt dieselben Lieblingssongs hatten.

Adelina war sogar etwas erstaunt gewesen, dass ich ausgerechnet dieses Lied bevorzugte. Schliesslich handelt es sich zweifellos um den Klagegesang einer zutiefst verzweifelten verlassenen Frau. Um das zu beweisen, hatte sie eigens eine Übersetzung des Liedtextes heruntergeladen und für mich ausgedruckt:

Wann werde ich dich wiedersehen? / Du gingst ohne ein «Auf Wiedersehen!», ohne ein einziges Wort, / kein letzter Kuss besiegelte unsere Sünden, / ich hatte keine Ahnung von unserem Zustand.

Ich weiss, ich habe ein / unentschlossenes Herz / und eine Bitterkeit und / ein schweifendes Auge / und eine Schwere in meinem Kopf.

Aber erinnerst du dich nicht? / Erinnerst du dich nicht an den Grund, / warum du mich damals liebtest? / Liebster, bitte erinnere dich noch / einmal an mich!

Wann hast du zum letzten / Mal an mich gedacht? / Oder hast du mich vollkommen / aus deiner Erinnerung gelöscht? / Ich denke oft darüber nach, / wo ich etwas falsch gemacht habe, / und je mehr ich es tue, / desto weniger weiss ich es.

Ich weiss, ich habe ein / unentschlossenes Herz / und eine Bitterkeit und / ein schweifendes Auge / und die Schwere in meinem Kopf.

Aber erinnerst du dich nicht? / Erinnerst du dich nicht an den Grund, / warum du mich damals liebtest? / Liebster, bitte erinnere dich noch / einmal an mich!

Ich gab dir Raum zum Atmen, / hielt meine Distanz, damit du / frei sein konntest, und hoffte, / dass du findest, wonach du suchst, / damit du zu mir zurückfindest.

Warum erinnerst du dich nicht, / erinnerst dich nicht an den Grund, / warum du mich damals liebtest? / Liebster, bitte erinnere dich noch / einmal an mich!

Wann werde ich dich wiedersehen?

In der Rolle des Verlassenen befand ich mich ja nun wirklich nicht. Ich konnte deshalb nur entgegnen, für mich drücke der ganze Song in der Gesamtheit von Musik, Text und Stimme einfach in reinster Form Gefühl aus, wobei es für mich gar nicht wichtig sei, um welches Gefühl es sich handle.

Adelina hatte sich damit zufriedengegeben, doch hier und jetzt, als sich der Song unablässig in meinem Kopf abspulte, begann ich an meiner eigenen Theorie zu zweifeln. Identifizierte ich mich nicht doch mit dieser Musik, weil sie nicht nur ein Gefühl an sich transportiert, sondern ganz konkret das Gefühl, verlassen worden zu sein?

In meinem früheren Leben hatte ich, wenn ich nur die länger dauernden Beziehungen zähle, einmal eine Frau verlassen und war einmal verlassen worden. Die Verzweiflung, in die mich das stürzte, war allerdings schnell vorbei, und ich war offen dafür gewesen, kurze Zeit später der grossen Liebe meines Lebens zu begegnen.

Dabei war gegenseitiges Verlassen nach einer langen Zeit einer auch von unvermeidlichen Kämpfen geprägten Phase der gemeinsamen Reifung nur schon als Idee immer mehr verblasst. Sie hatte mich auch nicht verlassen, sondern wurde mir durch einen unfassbaren Unfall entrissen. Was nichts am Schmerz änderte, den dieser Verlust in mir auslöste. Es hat lange gedauert, bis er etwas nachliess, wobei mir geholfen hat, dass ich diese Geschichte, die auf Kreta spielt, in einen verschlüsselten Roman umgesetzt habe (Kleine Blumen. Ein Kreta-Roman. 2008), der zwar kaum Leser und Leserinnen fand, aber mir durch das Schreiben Erleichterung verschaffte. Und zu guter Letzt sogar ein bisschen Amüsement, als ich mit dem Verschwinden von Beat, wie ich diese Figur im Roman nannte, in einer Felsspalte an der kretischen Südküste eine falsche Fährte legte.

Nein, ich lebte durchaus weiter, wenngleich eine ganze Zeit lang ziemlich einsam. Bis Adelina in meinem Leben auftauchte. Was den früheren Schmerz nicht beseitigte, aber doch recht erfolgreich verdrängte. Bis jetzt, da ich mir eingestehen musste, dass «Don't you remember» mich vermutlich auch deshalb so anzog, weil Adele damit ein gut verdrängtes Gefühl ansprach.

Für einen Moment überwältigte mich diese Erkenntnis, doch dann beschloss ich, meinem Naturell zu folgen, das nie lange an Vergangenem festklebt, sondern lieber vorwärtsschaut. So stieg ich entschlossen weiter bergan, und tatsächlich begann der Ohrwurm in meinem Kopf leiser zu werden, um schliesslich ganz zu verschwinden.

Vielleicht zweihundert Schritte unterhalb der Gletscherzunge, die ich schon gut sehen konnte, brauchte ich eine letzte kleine Rast. Ich setzte mich auf einen Stein, der mich irgendwie angezogen hatte, und sinnierte über eine Spalte zwischen zwei Steinen, die, wenn man mit dem Fuss blöd hineingeraten würde, zu einem ziemlich folgenschweren Sturz führen könnte.

Wie Adelina auch schon festgestellt hatte, übten solche Katastrophenszenarios eine gewisse Faszination auf mich aus. Dazu kam, dass ich selbst mal einen solchen saublöden Sturz erlebt hatte, der einen Knochenbruch verursachte. Und doch gab es eigentlich keinen Grund für die plastischen Bilder vom Sturz eines mir fremden Menschen an genau diesem Ort, die sich jetzt mit Macht in meinem Kopf ausbreiteten.

Plötzlich spielte auch noch mein Gehör verrückt. Mir war nämlich, als ob ich wieder den Song hören würde, der mich vor Kurzem noch so beschäftigt hatte. Nicht wirklich natürlich, ausser dem Refrain waren die Worte nicht zu verstehen, und auch die Musik klang irgendwie fremdartig, doch die Gefühle, die ich verspürte, waren exakt dieselben wie beim Hören von Adeles Lied. Allerdings kam die Musik nicht aus meinem Kopf, sondern von oben, vom Blau Schnee her.

Nun glaube ich zwar durchaus an die grundsätzliche Existenz von Dingen zwischen Himmel und Erde, die wir noch nicht verstehen, doch an platte esoterische Phänomene wie fremde Stimmen in meinem Kopf habe ich nie geglaubt, geschweige denn, dass ich so etwas wie eine Geistererscheinung schon selbst erlebt hätte. Jetzt allerdings bekam ich doch meine Zweifel, zumal die Frauenstimme, die ich hörte, unzweifelhaft nicht aus einem leibhaftigen Lautsprecher oder gar einem lebendigen Leib kommen konnte, dafür war sie viel zu feinstofflich, und auf einer Mikrofonaufnahme hätte man sicher nichts gehört.

Die Stimme war da, in meinem Kopf, wenn sie auch unbestreitbar von anderswoher stammte. Es war auch eindeutig nicht die Stimme von Adele, auch wenn sie dieselben Gefühle ausdrückte, die Gefühle einer verzweifelten verlassenen Frau. Nur das abschliessende «Wann werden wir uns wiedersehen?» trug noch stärker als bei Adele die Gewissheit einer Antwort in sich: nie mehr.

Die Stimme in meinem Kopf übte einen unwiderstehlichen Sog auf mich aus, sodass ich die letzten Meter hinauf zu jenem Punkt am unteren Gletscherrand, zu dem sie mich zog, fast rannte. Doch als ich schwitzend und keuchend oben ankam, war sie verstummt. Dafür entdeckten meine herumschweifenden Augen bald etwas Ungewöhnliches: Aus dem Eis des Blau Schnees ragte, knapp oberhalb des Felsengrunds, ein Schuh. Und darin steckte ein Fuss.

Der extrem heisse Sommer war auch am Blau Schnee nicht spurlos vorbeigegangen. Firn- und Eisreste zeugten davon, dass sich der Gletscher in den vergangenen Wochen um etliche Meter zurückgezogen hatte. Neben dem Schuh sah ich den Anfang eines überhängenden Felsens, unter dessen Vorsprung sich ein bläulich schimmernder Block aus blankem Eis abzeichnete, der allerdings für mein Auge undurchdringlich blieb.

Doch dann erreichte die Sonne am wolkenlosen septemberblauen Himmel einen Punkt, von dem aus ihre Strahlen genau im richtigen Winkel auf diesen Eisblock trafen, um ihn durchsichtig zu machen. So konnte ich sehen, dass zu dem aus dem Eis ragenden Fuss ein ganzer in den Eisblock eingeschlossener Mensch gehörte.

Und dieser Mensch war unverkennbar eine Frau. Das sah ich nicht nur an ihrer Bekleidung, sondern auch an ihrem Gesicht, das fast unversehrt erschien, was auch für den restlichen

Körper galt, soweit ich das beurteilen konnte. Sie lag auf dem Rücken, die Hände im Schoss gefaltet. Nur der aus dem Eis ragende Fuss erschien mir unnatürlich verdreht.

Bei näherer Betrachtung fiel mir noch etwas auf. Selbst mir als unverbesserlichem Modebanausen war klar, dass Schuhe und Bekleidung nicht aus unserer Zeit stammen konnten. Obwohl ich keine Ahnung davon hatte, was man wann getragen hatte, schätzte ich mal, dass die Gletscherleiche schon mindestens zweihundert Jahre da oben gelegen haben müsste. Womit ich ziemlich danebenlag.

Für historische Überlegungen hatte ich jetzt ohnehin keine Zeit. Ich nutzte den günstigen Sonnenstand, um mit meinem neuen iPhone einige Fotos aufzunehmen, und rief dann meinen alten Kumpel Karl Abderhalden, Chef der Appenzell Ausserrhoder Kriminalpolizei, auf seinem privaten Handy an.

Natürlich war er nicht begeistert, an seinem freien Sonntag gestört zu werden. Und zur Hebung seiner Laune trug es auch nicht bei, dass ich ihm mitteilte, ich hätte schon wieder eine Leiche entdeckt. Das wollte er mir zunächst nicht glauben, doch als ich ihm zwei oder drei meiner Fundortfotos von Smartphone zu Smartphone gesendet hatte, versehen mit einer genauen Positionierungsangabe, liess er sich schliesslich davon überzeugen, dass es sich nicht um einen blöden Scherz handelte. Zum Glück hatte Adelina nicht nur darauf bestanden, dass ich mir endlich ein neues iPhone mit der viel besseren Kamera anschaffte, sondern dieses dann vor Kurzem tatsächlich gekaufte Modell auch mit solchen Apps wie jenem der automatischen Positionierung ausgerüstet, die ich selbst wohl nie installiert hätte.

Karl sah schon entsetzt einen neuen Aufgabenberg vor sich, doch ich konnte ihn beruhigen. Der Fundort liege eindeutig auf Innerrhoder Gebiet und falle damit nicht in seinen Zuständigkeitsbereich. Und ein ungelöster Fall drohe es auch nicht zu werden, weil der Fall, wenn es denn ein solcher sei, sehr, sehr lange zurückliege. Weil es sich aber sicher um einen aussergewöhnlichen Todesfall handle, hätte ich es als meine Pflicht erachtet, die zuständigen Behörden zu informieren. Nur wüsste ich leider nicht, wer das sei, und bäte deshalb um seine Mithilfe. Diese sicherte er mir schliesslich brummend zu und forderte mich auf, am Fundort zu bleiben, bis die zuständigen Polizeibeamten vor Ort wären. Was angesichts der abgelegenen Lage seine Zeit dauern könne.

Daraufhin rief ich Adelina an, um sie über die unverhoffte Entwicklung und meine verspätete Rückkehr zu informieren, und bat sie gleichzeitig, vorläufig Stillschweigen zu bewahren. Jetzt konnte ich nur noch warten.

Erkenntnisse

Nur eine gute Stunde dauerte es, bis ich die unverkennbaren Geräusche eines sich nähernden Helikopters hörte. Karl hatte ganze Arbeit geleistet und nicht nur das zuständige Team organisiert, sondern zudem auch noch die bequemste Transportmöglichkeit. Er hatte es sich nicht nehmen lassen, selbst dabei zu sein, und kletterte nun als Erster aus dem Helikopter, der nicht allzu weit weg von meiner Position einen Landeplatz gefunden hatte.

Das Trüppchen, das sich nun rasch näherte, umfasste alles, was dazugehört: zwei Männer von der Rettungskolonne Appenzell, die Kantonsärztin, einen Spurensicherer, zwei Polizisten in Uniform und den innerrhodischen Polizeichef, also den Amtskollegen von Karl. Der Amtsschimmel musste galoppieren, auch wenn es in diesem Fall wenig zu retten und zu ermitteln gab.

Bevor ich dem Trupp ein paar Schritte entgegenging, verstaute ich mein iPhone und meine Pocketkamera in den Hosentaschen. Ich wollte niemanden auf die Idee bringen, dass ich schon diverse Aufnahmen von der Gletscherleiche gemacht hatte. Ich war in der Wartezeit nicht untätig geblieben und hatte mit meiner Kamera, die ich wie immer ebenfalls dabeihatte, die Sonnenstrahlen genutzt, welche die Frau im Eis ideal ausleuchteten. Ich hatte sogar mit meinen Schuhspitzen einige Tritte in den nahen Firnabbruch gegraben und war hinaufgeklettert, um ein paar Aufnahmen von oben machen zu können.

Da ich einen wackligen Stand hatte, konnte ich nicht mehr als drei Fotos machen, und zwei davon waren tatsächlich verwackelt, wie ich bei der folgenden Sichtung feststellen musste. Doch das dritte war perfekt. Man konnte darauf die Tote im Eis von schräg oben sehen, weitgehend klar, eingehüllt nur von einem sanften bläulichen Schimmer. Kein Modefotograf hätte eine bessere Inszenierung von Schneewittchen im Eissarg hinbekommen.

Apropos Mode: Jetzt, wo ich auf dem Bild mehr sah als zuvor in der Realität, wurde sogar mir Laien klar, dass die Kleidermode noch älter sein musste, als ich zuerst geschätzt hatte. Doch die Mode interessierte mich im Moment weniger. Vielmehr zoomte ich auf dem Bildschirm meiner Kamera das Gesicht näher heran. Und weil ich eben an Schneewittchen gedacht hatte, fiel mir jetzt nur ein vergleichbares Gesicht ein: jenes der Mona Lisa.

Auch dieses Gesicht war nicht unbedingt im landläufigen Sinne schön, doch ungemein ausdrucksvoll. Und auch in diesem nur angedeuteten Lächeln steckte ein Rätsel, eine Mischung aus Trauer und Frieden, aus Bitterkeit und Versöhnung. Einen Unterschied zu Mona Lisa und Schneewittchen allerdings gab es: Hier lag ein Mensch aus Fleisch und Blut, wenngleich seit langer Zeit tot, konserviert in Eis, das sich zu guter Letzt doch als nicht ewig erwiesen hatte.

Noch einmal betrachtete ich das Bild, von dem ich schon wusste, dass es sehr gut war, aber noch nicht ahnte, dass es zur Ikone werden würde, und entdeckte hinter dem Kopf der Frau ein zunächst unidentifizierbares Objekt. Doch auch hier half Zoomen: Beim Objekt handelte es sich ohne Zweifel um einen runden Käselaib.

Weder davon noch von meinen Aufnahmen erzählte ich dem Bergungstrupp, der jetzt sein Ziel erreicht hatte. Den Käse würden sie bald selbst finden, und Bilder würden sie genug machen. Allerdings lag die Fundstelle mittlerweile wieder im Schatten, sodass die Leiche nur noch schemenhaft zu sehen war.

Meine Auskünfte hatte ich schnell erteilt, zumal ich aus naheliegenden Gründen nichts vom seltsamen Lockruf berichtete, der mich genau an den richtigen Ort geführt hatte. Stattdessen erklärte ich den Fund plausibel als puren Zufall. Karl murmelte zwar etwas davon, dass drei Mal in kurzer Zeit eine Leiche zu finden, wohl kaum als Zufall abgetan werden könne, doch er tat das zum Glück so leise, dass nur ich es mitbekam. Laut bestätigte er meine Aussage, ich würde öfters abseits der ausgetretenen Pfade wandeln, was erklärte, warum ich die Leiche ein ganzes Stück abseits des offiziellen Bergwegs entdeckt hatte.

Immerhin geriet ich diesmal, anders als bei meinen beiden ersten Leichenfunden, keinen Moment in den Verdacht, selbst etwas mit den Todesfällen zu tun zu haben – die Gnade der späten Geburt sozusagen. Meine Vermutung über das Alter der Leiche wurde nämlich von einem der beiden Bergretter bestätigt, der im Hauptberuf zufällig Kurator des Museums für Appenzeller Volkskunde ist. Zwar konnte man im Inneren des Eises jetzt nichts Genaues mehr sehen, doch der daraus herausragende Schuh genügte ihm, um eine erste ungefähre Diagnose zu stellen: spätes Mittelalter.

Der Polizeichef von Appenzell Innerrhoden, Karls Kollege, war offenbar ein kluger Mann mit rascher Auffassungsgabe. Als er die Altersangabe hörte, erfasste er sofort die Tragweite des Funds, dachte an Ötzi, diagnostizierte eine beträchtliche Bedeutung für die Wissenschaft und den örtlichen Tourismus und ordnete an, alles für eine fachmännische Bergung am nächsten Tag vorzubereiten. Nach kurzer Diskussion war man sich einig, dass es wohl das Beste wäre, die Gletscherleiche mitsamt dem Eis darum herum herauszuschneiden und den so entstandenen Eisblock durch einen Transporthelikopter sofort in das gerichtsmedizinische Institut der nahen Stadt St. Gallen fliegen zu lassen.

Etwas länger dauerte es, bis entschieden war, doch keinen Polizisten als Nachtwache oben zu lassen. Die Wahrscheinlichkeit, dass in den paar Stunden bis zur Bergung noch jemand zufällig am Fundort vorbeistolperte, war mehr als gering, zumal der Weg über den Blau Schnee nach dem langen heissen Sommer so gefährlich geworden war, dass er kaum noch begangen wurde.

Entschieden pochte der Polizeichef darauf, dass bis zur offiziellen Verlautbarung durch die zuständigen Behörden, also durch ihn, nichts von der Geschichte an die Öffentlichkeit dringen dürfe. Die anderen Anwesenden unterlagen ohnehin dem Amtsgeheimnis, weshalb er bei dieser Anordnung besonders mich ins Blickfeld nahm, unterstützt von einem mahnenden Blick von Karl. Schon wieder war ich also Geheimnisträger, was in diesem Fall keine besondere Tortur bedeutete, kündigte der Polizeichef doch an, am nächsten Nachmittag, nach erfolgreicher Bergung, eine Medienmitteilung zu versenden und für den Tag darauf zu einer Pressekonferenz nach Appenzell einzuladen. Eine herbe Enttäuschung war nur, dass meine Bitte, bei der Bergung anwesend sein zu dürfen, höflich, aber bestimmt abgelehnt wurde. Das hätte ich nun wirklich gerne aus der Nähe gesehen.

Die Mission wurde für beendet erklärt, und das Trüppchen machte sich auf den Weg zum nahen Helikopter. Ich war zwar eingeladen worden, ebenfalls mitzufliegen, ein Plätzchen fände sich schon noch irgendwie, doch ich lehnte dankend ab. Zum einen war ich ja mit Adelina am Festival auf dem Mesmer verabredet, und zum Zweiten hatte ich nicht die geringste Lust, mich auch noch irgendwie mitten in den Rettungstrupp zu quetschen.

Der Abstieg verlief ohne Stolpern. Adelina verstand zwar nicht, warum ich die Gelegenheit, den ersten Helikopterflug meines Lebens zu erleben, ausgeschlagen hatte, freute sich aber, mich wohlbehalten wiederzusehen. Wie sie mir erzählte, hatten zwar manche Festivalbesucher den Helikopter oben am Säntis gesehen, ihn aber für einen normalen Rettungseinsatz gehalten. Und sie, die das Geheimnis von meinem Telefonanruf her ja schon kannte, hatte natürlich dichtgehalten. Wir wissen beide wegen unserer beiden ersten Fällen nur zu gut, was es bedeutet, Geheimnisträger zu sein.

Das Festival ging zu Ende, die meisten Besucher wanderten wieder ins Tal. Einige wenige, darunter auch wir, hatten beschlossen, das schöne Wetter zu nutzen und noch eine Nacht oben zu bleiben. Wir suchten uns ein hübsches Plätzchen so weit abseits der übrigen, dass wir ungestört unsere Schlafsäcke zu einem vereinigen und ein oder zwei Pfeifchen rauchen konnten.

Endlich kam ich dazu, Adelina die ganze Geschichte zu erzählen, auch den Teil mit den lockenden Klängen und den Parallelen zu Adeles «Don't you remember». Entgegen meinen Befürchtungen leitete sie daraus nicht ab, ich sei verrückt geworden oder gar doch noch ins Esoterische abgekippt. Vielmehr erklärte sie, in ihrer polnischen Heimat sei die Vorstellung, wenn ein Mensch an einem bestimmten Ort besonders starke und intensive Gefühle erlebt habe, würden diese dort so was wie einen Gefühlsabdruck hinterlassen, der noch lange spürbar sei, gang und gäbe. Vielleicht hätte das Eis ja diese Schwingungen abgeschirmt, sodass sie erst jetzt, nach seinem Abschmelzen, wieder wahrnehmbar geworden seien.

So was hatte ich auch schon gehört, aber noch nie erlebt. Je nun, es gibt offenbar auch noch nach sechs Lebensjahrzehnten Premieren. Ganz erklären konnte ich es mir noch immer nicht, doch ich nahm das Erlebte als gegeben hin und zeigte ihr meine Bilder. Sie hatte natürlich ihr iPad dabei, und dort, auf dem grossen Bildschirm, wurden die Qualitäten des einen fraglichen Bilds noch besser sichtbar.

Adelina hatte die Wartezeit genutzt, um schon mal nach Bildern und Berichten von Gletscherleichen zu googeln, und dabei nichts Vergleichbares gefunden. Ötzi war zwar viel älter, aber doch ziemlich eingeschrumpelt. In der Schweiz hatte es in der Nähe des Piz Kesch im Kanton Graubünden schon einmal einen spektakulären Fund einer Gletscherleiche aus dem 17. Jahrhundert gegeben – übrigens auch eine Frau –, doch auch deren Zustand war mit dem meines Fundes nicht annähernd zu vergleichen.

Bevor wir in unseren gemeinsamen Schlafsack krochen, um mit der Hingabe an das Leben die Gedanken an Leichen aller Art zu verscheuchen, unterhielten wir uns noch darüber, welchen Namen die Tote vom Blau Schnee wohl erhalten würde. Da sich einmal in die Welt gekommene Muster hartnäckig halten, waren wir uns bald einig, dass sie, so wie Ötzi kurz und bündig nach der Region seines Fundortes genannt wurde, als Appenzellerin wohl unvermeidlich «Appi» heissen würde.

★★★

Wir sollten recht behalten. Am Dienstagvormittag hatte wie geplant die Medienkonferenz in Appenzell stattgefunden, und schon am Nachmittag titelte der «Blick am Abend»: «Appi – die schönste Gletscherleiche». Darunter prangte, über die ganze Titelseite aufgemacht, mein Bild.

Ich gebe es ja zu. Ein Grund dafür, das Bild einer Fotoagentur zu verkaufen, war schlichte Rache dafür, dass man mich nicht an der Bergung teilnehmen liess. Es hätte mich wirklich brennend interessiert, mit welchen Geräten man den Eisblock herausgeschnitten hatte, und der in Tücher eingehüllte Block sah als Transportlast des Helikopters wirklich eindrücklich aus, wie man den an der Medienkonferenz verteilten Bildern entnehmen konnte.

Bilder von Appi selbst gab es nicht. Sie war immer noch im Eis eingeschlossen, das jetzt vorsichtig aufgetaut werden sollte. Das verunmögliche, so wurde argumentiert, brauchbare Bilder. Die Medienleute wurden damit vertröstet, dass solche Bilder selbstverständlich folgen würden.

Umso wertvoller war natürlich mein Bild von Appi. Das hatte Adelina mit gesundem Geschäftssinn sofort erkannt. Sie war es auch gewesen, die nach unserer Rückkehr am Montag die potenziellen Kunden unter den Fotoagenturen gefunden und ihnen eine grob aufgelöste Kostprobe gesandt hatte. Und sie hinderte mich daran, das Bild zu einem Fixpreis zu verkaufen, obwohl das entsprechende Angebot für meine Verhältnisse sehr gut war. Stattdessen handelte sie schliesslich einen Vertrag aus, der eine tiefere Fixsumme beinhaltete, aber dafür eine prozentuale Beteiligung an den Verkaufserlösen.

Zudem hatte Adelina durchgesetzt, dass das Bild erst zeitgleich mit der Medienkonferenz auf den Markt kommen dürfe. So hatte ich das Versprechen, die Sache bis zur offiziellen Publikation geheim zu halten, nicht gebrochen und war rechtlich wie moralisch fein raus. Wovon sich schliesslich auch der Polizeichef überzeugen liess. Zunächst hatte er mich nach der Medienkonferenz, zu der ich auch eingeladen worden war, um allfällige Fragen an den Leichenfinder gleich an Ort und Stelle beantworten zu können, böse angefunkelt. Was ich verstand, immerhin hatte ich ein potenzielles Beweismittel zurückbehalten. Doch als er das Bild dann sah, von dem er bisher nur gehört hatte, änderte er seine Meinung sofort: Der Anblick von Appi im Eissarg würde bei vielen Menschen den Wunsch wecken, das Original zu sehen.

Im Klartext: Appi würde, dafür brauchte man kein Hellseher zu sein, zur Touristenattraktion erster Güte werden. Das hatte sich an der Medienkonferenz abgezeichnet. Auf die dürre Mitteilung der Kantonspolizei hin, am Vortag sei am Blau Schnee unterhalb des Säntisgipfels eine vermutlich mehrere hundert Jahre alte weibliche Gletscherleiche entdeckt und heute erfolgreich geborgen worden, waren die Vertreter in- und ausländischer Medien in für appenzellische Verhältnisse ungewohnt hoher Zahl nach Appenzell geeilt. Dort erfuhren sie, dass die grobe Altersschätzung spätes Mittelalter immer wahrscheinlicher würde, dass man aber erst die weiteren Untersuchungsergebnisse abwarten müsse.

Die ausländischen Korrespondenten, die noch immer glaubten, die Schweizer seien bedächtig und eigenbrötlerisch, staunten nicht schlecht ob der Ankündigung, man habe bereits mit den für die Untersuchungen von Ötzi zuständigen Wissenschaftlern Kontakt aufgenommen, um von deren Erfahrungen zu profitieren. Einige hätten bereits zugesagt, und klar sei auch geworden, dass es wegen der verglichen mit damals deutlich besseren Untersuchungsmethoden viel schneller als bei Ötzi gehen würde, bis man Antworten auf die wichtigsten Fragen erwarten könne. Konkret sei man guten Mutes, in einem Monat zu einer weiteren Medienorientierung einladen zu können, in der alle jetzt noch offenen Fragen eine Klärung erfahren würden. Jedenfalls fast alle.

Zum Beispiel die Frage nach der Todesursache. Bis jetzt sei nur klar, dass der aus dem Eis herausragende Fuss gebrochen gewesen sei. Alles Weitere erst nach der Obduktion. Höchstens spekulieren könne man auch darüber, was die Frau da oben gesucht habe, in einer Zeit, in der niemand, und schon gar keine Frau, in den Bergen herumkletterte. Ein Journalist, der sich bereits sachkundig gemacht hatte, verwies auf den Fund am Piz Kesch. Jene Leiche stamme zwar erst aus dem 17. Jahrhundert, doch auch damals sei das Verhältnis zu den Bergen noch dasselbe gewesen, was nichts daran änderte, dass die Frau da oben gewesen war.

Die Medienleute spekulierten noch eine Weile weiter und wollten sich dann schon leicht enttäuscht auf den Heimweg machen, als noch eine kleine Sensation verkündet wurde, die ich, obwohl ich sie schon kannte, beinahe wieder vergessen hätte: der Fund des Käselaibs. Der deswegen ebenfalls geladene Chef der Sortenorganisation Appenzeller Käse wirkte ziemlich euphorisch. Es sei ja bekannt, dass die erste urkundliche Erwähnung von Appenzeller Käse aus dem Jahr 1282 stamme. Also aus dem späten Mittelalter. Dass jetzt ein vermutlich gut erhaltener leibhaftiger Käselaib aufgetaucht sei, also sozusagen der erste Appenzeller Käse, sei für sie wirklich eine kleine Sensation. Und natürlich auch für all die vielen Liebhaberinnen und Liebhaber von Appenzeller Käse im In- und Ausland, wie er sich beeilte hinzuzufügen. Man werde versuchen, in den nächsten Wochen diesen Käse so gut wie möglich zu untersuchen, ohne ihn gross zu beschädigen, denn es sei jetzt schon klar, dass man für den Käse zusammen mit der Gletscherleiche einen würdigen Ausstellungsplatz finden würde. Die erste Appenzellerin zusammen mit dem ersten Appenzeller Käse.

Auch diese Aussichten machten den Kohl der gerade in den Köpfen der Medienschaffenden entstehenden Artikel und Filmbeiträge nicht wirklich fett, und mancher fragte sich wohl schon, ob sich die Fahrt nach Appenzell wirklich gelohnt hatte, als der Erste mein Bild auf seinem Laptop entdeckte, das pünktlich verkauft und natürlich sofort im Internet verbreitet worden war. Das Bild machte schnell die Runde, und männiglich war klar, dass die alte Weisheit, wonach ein Bild mehr besagt als tausend Worte, in diesem Fall uneingeschränkt gültig war.

Rasch hatte eine Journalistin richtig kombiniert, dass das Bild nur von mir als vorhin offiziell vorgestelltem Finder stammen konnte. Jetzt wurde ich mit Fragen bestürmt, wobei ich nicht mehr sagen konnte als bei meinem Statement zuvor. So beantwortete ich geduldig die immer gleichen Fragen immer gleich.

An diesem Abend würde auf vielen Radio- und Fernsehsendern ein Interview mit mir ausgestrahlt werden, und am nächsten Tag würde in vielen Zeitungen mein Porträtbild klein neben dem grossen von Appi abgedruckt werden. Ein Zufall hatte mir also die oft zitierte Viertelstunde Berühmtheit gebracht. Worüber ich nicht unglücklich war.

Was für beide Aspekte galt. Dass mein Name so bekannter wurde, konnte dem Absatz meiner geistigen Produkte auf keinen Fall schaden. Und dass diese Berühmtheit nur vorübergehend sein würde, war mir auch mehr als recht, auf Dauer hatte ich denn doch lieber meine Ruhe.

★★★

Zur zweiten Medienorientierung, die tatsächlich wie angekündigt einen Monat nach dem Fund stattfand, war ich zwar noch eingeladen, doch diesmal war für mich, ganz nach meinem Geschmack, keine aktive Rolle vorgesehen. Kurzfristig musste die Konferenz in einen grösseren Raum verlegt werden, denn nachdem wenige Tage davor jemand doch nicht dichtgehalten hatte und der «Blick» mit der Schlagzeile «Appi schwanger – lockte sie ihr Liebhaber ins Gletschergrab?» einen Auflagenrekord erzielt hatte, war das Medieninteresse noch einmal angeschwollen.

Ausser der Bestätigung, dass Appi, wie sie mittlerweile selbst von den zuständigen Behörden und Wissenschaftlern genannt wurde, tatsächlich im vierten Monat schwanger gewesen war, gab es für die Boulevardmedien allerdings wenig Futter. Anders als damals bei Ötzi hatten die Untersuchungsergebnisse keinen Hinweis auf einen Kriminalfall geliefert. Appi war eindeutig an Unterkühlung gestorben. Nochmals bestätigt wurde, dass sie sich tatsächlich den linken Fuss gebrochen hatte, und es konnte nachgewiesen werden, dass dies kurz vor ihrem Ableben geschehen sein musste.

Appi, deren Lebensalter auf Mitte bis Ende zwanzig geschätzt wurde, war offenbar kerngesund gewesen, wenngleich ihr Körper Spuren harter körperlicher Arbeit aufwies. Doch auch einer kräftigen und gesunden jungen Frau musste es unmöglich gewesen sein, mit diesem gebrochenen Fuss noch eine längere Strecke zurückzulegen. Man vermutete deshalb, dass der Unfall in unmittelbarer Nähe des Fundortes geschehen sein musste und dass sich Appi noch in den Schutz des überhängenden Felsens geschleppt hatte, vielleicht, um einem Unwetter zu entkommen.

Dieser überhängende Felsen hatte Appi vor dem Schicksal der meisten Gletscherleichen bewahrt. Da ein Gletscher ja nichts anderes ist als ein sehr langsam fliessender Eisstrom, werden die Leichen nämlich in der Regel von den Eismassen zermalmt. Nur dort, wo der Eisfluss wie hier wegen eines Felsens gestoppt wird und deshalb so etwas wie einen ruhigen Eisteich bildet, entgeht eine Gletscherleiche der Zerstörung.

Die Art der Konservierung von Appi liess auf einen heftigen Kälte- und Schneeeinbruch schliessen. Und das wiederum deutete auf einen Todeszeitpunkt irgendwann im September hin. Dann hat sich der Gletscherrand am weitesten bergaufwärts zurückgezogen. Wenn nun besonders viel Schnee fällt, wandert der Gletscher rasch wieder abwärts. Der Schnee, der Appi bedeckt hatte, musste rasch zu Firn gefroren sein und sich dann ziemlich bald in blankes Eis umgewandelt haben. Wenn der Gletscher danach wegen einer Kälteperiode so stark gewachsen war, dass er sich auch in wärmeren Zeiten nie mehr ganz hinter die Fundstelle zurückgezogen hatte, dann war das «Wunder» der Konservierung möglich.

Unterstützung für diese Theorie lieferten die Ergebnisse der Altersbestimmung. Weil dafür verschiedene Methoden zur Verfügung standen, konnte das Todesjahr von Appi ziemlich präzise eingeschränkt werden: Das tragische Ereignis musste etwa im Jahr 1280 geschehen sein. Also in einer Zeit, in der zumindest ein Teil der Klimaforscher den Beginn der Kleinen Eiszeit ansiedelt. Und, wie die Erbsenzähler unter den Medienleuten schnell bemerkten, kurz vor der ersten urkundlichen Erwähnung von Appenzeller Käse.

Dank der Segnungen der modernen Technik hatte das Wissenschaftlerteam noch mehr herausgefunden. Die junge Frau hatte offenbar die letzten Wochen ihres Lebens als Sennerin auf einer Alp verbracht. Isotopenvergleiche konnten sogar belegen, dass es sich bei dieser Alp um jene handeln musste, die heute als Mesmer bezeichnet wird. Zwischen ihrem letzten Lebensort und der Fundstelle der Leiche lag also eine Strecke, die man auch mit der damaligen Ausrüstung mit etwas Talent zum Klettern in zwei Stunden hätte schaffen müssen. Wenn denn im späten Mittelalter überhaupt jemand auf die Idee gekommen wäre, auf die Berge zu klettern.

Die beigezogene Historikerin erklärte, das sei zwar sehr unwahrscheinlich, aber offenkundig nicht unmöglich. Sie hatte in den vergangenen Wochen intensiv in den Archiven gewühlt, um irgendwelche Hinweise auf die wahre Identität von Appi zu finden, doch leider völlig erfolglos. Damit fehlte nach wie vor jeder konkrete Hinweis darauf, was Appi da oben am Blau Schnee zu suchen gehabt hatte.

Mit einer Ausnahme: Sie hatte ja einen Käselaib dabei, den sie auf einem eigens dafür konstruierten Holzgestell, das heute als «Räf» bezeichnet wird, auf dem Rücken mitgetragen haben musste. Und über diesen Käse gab es Bemerkenswertes zu berichten. Die lebensmittelchemischen Analysen hatten nämlich ergeben, dass seine Zusammensetzung jener des heutigen

Appenzeller Käses bis aufs Haar glich. Es gab auch eindeutige Hinweise darauf, dass der Käselaib regelmässig mit einer Kräutersulz eingerieben worden war.

Nach harten Verhandlungen hatte es die Sortenorganisation Appenzeller Käse geschafft, einige kleine Stücke für einen Geschmackstest zu beschaffen. Der Käse war einwandfrei konserviert, sodass es keine Einwände dagegen gab, dass einige versierte Testpersonen, die schon aus einem winzigen Biss den Geschmack herausspüren können, einen solchen Praxistest machten. Ergebnis: Man könnte diesen siebenhundert Jahre alten Käse zur Not als gut gereiften, wenngleich wegen allzu langer Lagerzeit etwas geschmacklos gewordenen Appenzeller verkaufen – als ersten Appenzeller Käse der Welt sozusagen.

Was natürlich niemand vorhatte. Vielmehr wurde in der Medienkonferenz auch darüber informiert, wie es nun weitergehen sollte. Erst einmal würde Appi mitsamt ihrem Käse in die ebenfalls in St. Gallen angesiedelte EMPA (Eidgenössische Materialprüfungsanstalt) gebracht, wo man mit Hilfe von Hightechmethoden weitere Untersuchungen anstellen wollte. Derweil würde man mit Hochdruck an der Suche für einen würdigen Ausstellungsort arbeiten, wo Appi und ihr Käse möglichst bald einem interessierten Publikum zugänglich gemacht werden sollten.

In der anschliessenden Fragerunde wurde noch einmal heftig darüber spekuliert, was Appi wohl mit dem Käse da oben gewollt habe. Die Historikerin erklärte, die Landwirtschaft sei damals fast vollständig auf Eigenversorgung beschränkt gewesen, doch sei es durchaus denkbar, dass ein gewitzter Käseproduzent, der in diesem Fall wohl eine Käseproduzentin gewesen sei, etwas über den Eigenbedarf hinaus hergestellt habe, um es dann zu verkaufen.

Da kaum anzunehmen sei, dass Appi auf dem Säntisgipfel einen Käufer finden wollte, käme eigentlich nur eine Direktüberschreitung hinüber in Richtung Schwägalp in Frage. Dort sei eine frühe Käseherstellung in beträchtlichem Umfang nachweisbar. Wohl sei die Route, die Appi dafür gewählt habe, nicht unbedingt die naheliegendste, aber eine für eine gewandte Berggängerin durchaus mögliche. Wem sie den Käse bringen wollte, bleibe natürlich ungeklärt. Möglicherweise einem Senn, der zusammen mit seinem eigenen Käse auch fremden in Kommission verkaufte, oder vielleicht auch einem fahrenden Händler.

Die lokalpatriotische Regionalpresse bezeichnete Appi am nächsten Tag denn auch flugs als Erfinderin des Appenzeller Käses, die darüber hinaus offenbar auch noch Verkaufstalent gehabt habe. Mit dieser Mischung aus einem einmaligen Produkt und einer gewitzten Vermarktungsstrategie sei sie bis heute Vorbild. Und auch sonst konnten sich die Marketingverantwortlichen von der Sortenorganisation Appenzeller Käse nicht über mangelnde Publizität beklagen. Die Kombination aus schöner Gletscherleiche und einem vollständig erhaltenen und im wahrsten Sinne urwüchsigen Naturprodukt war für kurze Zeit ein Medienereignis erster Güte.

Dann schwand das öffentliche Interesse rapide. Das lag nicht zuletzt daran, dass es mit Ausnahme des mittlerweile sattsam bekannten meinigen keine wirklich guten Bilder von Appi gab. Die Gnade des richtigen Moments mit exakt dem idealen Licht, der ich meine Aufnahme verdankte, hatte sich nicht wiederholt, und im Untersuchungslabor liess sich diese Magie des Augenblicks ebenfalls nicht wiederherstellen.

So sah denn keine Redaktion einen Grund, nochmals auf das Thema Appi zurückzukommen. Bis zu jenem Tag etwa zwei Wochen nach der Medienkonferenz, als der «Blick» in riesigen Lettern verkündete: «Appi entführt!»

Rückkehr

Eigentlich war diese Bergwanderung ja Adelinas Idee gewesen, von der ich zunächst nicht besonders angetan gewesen war, doch jetzt war ich ausgesprochen froh darüber, dass ich meinen inneren Schweinehund überwunden hatte und doch mitgegangen war. Für dieses Jahr war es sicher die letzte Gelegenheit, so hoch hinaufzusteigen. Es ging bereits gegen Mitte November, und um diese Zeit lag oft schon Schnee, doch der heisse und trockene Sommer war von einem warmen und fast ebenso trockenen Herbst abgelöst worden, der immer noch andauerte. Schon für den nächsten Tag jedoch hatten die Wetterfrösche einen Umsturz angekündigt, und dann würde es vorbei sein mit der Bergwanderherrlichkeit.

Endlich, schon ein ganzes Stück oberhalb des Seealpsees, hatte ich meine Betriebstemperatur erreicht und meinen Tritt gefunden, sodass mir das Aufwärtssteigen wieder gewohnt leichtfiel. Das war am Anfang des Weges, kurz nach Wasserauen, wo der Weg richtig steil wird, noch anders gewesen. Wir hatten für meine Verhältnisse ziemlich früh aufstehen müssen, um die einzige Verbindung zu erwischen, mit der man mit öffentlichen Verkehrsmitteln in eineinhalb statt in zwei Stunden von Wald nach Wasserauen kommt. Das Angebot des öffentlichen Verkehrs im Appenzellerland ist zwar hervorragend, doch sind die Bus- und Bahnlinien logischerweise sternförmig auf die Stadt St. Gallen und die paar regionalen Zentren ausgerichtet, sodass man für Fahrten quer durch das Appenzellerland meist auf Umwege angewiesen ist, was die Fahrzeiten entsprechend verlängert.

Nichtsdestotrotz verzichteten Adelina und ich bewusst auf ein Auto. Wenn man genügend Zeit einplante, kommt man überallhin, und so aufwendige Routen wie die an jenem Tag bildeten eine Ausnahme. Geschlaucht hatte die Fahrt mich trotzdem ein wenig, und zudem war ich nie ein schneller

Starter. So war es denn nicht erstaunlich, dass mir Adelina gleich zu Beginn der starken Steigung fröhlich davonhüpfte und mich eine Weile meinen noch ziemlich schweren Schritten überliess. Was mich natürlich dazu brachte, wieder einmal über den Altersunterschied zwischen uns zu sinnieren. Adelina war Mitte dreissig und fit, wie es sich für dieses Alter gehört, und ich war immerhin Anfang sechzig. Und auch wenn ich eine gute Grundkonstitution geschenkt bekommen hatte und mich mit meinen vielen Fussmärschen fit hielt, war doch nicht zu verleugnen, dass ich kein junger Springinsfeld mehr war und mit meinen Kräften haushälterischer umgehen musste als früher.

Ebenfalls nicht zu leugnen war die Tatsache, dass ich – jedenfalls statistisch gesehen – meinem Lebensende wesentlich näher war als sie ihrem. Und überhaupt diese verflixte Biologie. Was, wenn Adelina doch noch Kinder wollte? Und gar von mir? Selbst wenn ich gewollt hätte, was ganz sicher nicht der Fall war, hätte ich nicht gekonnt, ich hatte meiner Zeugungsfähigkeit freiwillig relativ früh ein Ende gesetzt. Nein, von einer überzeugenden längerfristigen Zukunftsplanung konnte keine Rede sein.

Mittlerweile hatte ich die Wegbiegung erreicht, nach der das Tal nicht mehr im düsteren Schatten lag, sondern endlich von der Sonne erreicht wurde. Und schon wurden auch meine Gedanken weniger finster. Schliesslich war uns beiden schon damals, als wir uns nach der Lösung unseres zweiten Falles entschieden hatten, zueinanderzugehören und zusammenzubleiben, klar gewesen, dass das kein Entschluss für die Ewigkeit war. Und vermutlich hat uns genau das geholfen, das Hier und Jetzt zu geniessen, so gut und so lange es eben ging.

Adelina hatte längst eine Wohnung in der Altstadt von St. Gallen gefunden, von der aus sie ihren beruflichen Aktivitäten im IT-Sicherheitsbereich optimal nachgehen konnte, während ich meinen zentralen Lebensort nach wie vor in meinem kleinen Häuschen auf dem Hügel oberhalb von Wald behielt. Wir besuchten uns oft und regelmässig, doch dazwischen gab es immer wieder manche Tage hintereinander, an denen wir allein waren. Für uns beide passte dieses Modell, und das hatte unsere Liebesbeziehung frisch und lebendig erhalten.

Adelina hatte dann doch ein Einsehen gehabt und auf mich gewartet, sodass wir das letzte, flachere Stück bis zum Seealpsee Hand in Hand abschreiten konnten. Beide Berggasthäuser am See hatten vor ein paar Tagen ihre lange Saison beendet, ebenso wie die weiter oben gelegenen wie etwa der Mesmer, der unser nächstes Ziel bildete. Zudem war es Werktag ausserhalb jeder Ferienzeit. So kam es, dass wir mutterseelenallein in dieser herrlichen Berglandschaft unterwegs waren und uns niemand störte, als wir zum Abschluss einer kleinen Rast ein stärkendes Pfeifchen rauchten.

Beim Kramen im gemeinsam gepackten Rucksack, den ich bisher aus Ritterlichkeitsgründen allein getragen hatte, fiel mir ein kleines Kreuz in die Hände. Ich sah Adelina fragend an, und sie erklärte mir mit leicht verschämter Stimme, sie würde dieses Kreuz gerne oben am Fundort der Gletscherleiche vergraben. Sie hatte es damals, am Ende unseres ersten Falls, als sie zu ihrer Tante ins Kloster nach Polen geflüchtet war, um zu sich selbst zu finden, von ebendieser Tante als Erinnerungsgeschenk bekommen und wollte es jetzt als kleine Wiedergutmachung für die Störung der Totenruhe von Appi weiterschenken.

Persönlich kann ich mit diesem katholischen Glaubenssystem so wenig anfangen wie mit allen anderen, aber ich habe mittlerweile gelernt, diesen Teil von Adelina zu akzeptieren und zu respektieren. Sie war nun mal so aufgewachsen, und der Aufenthalt im Kloster hatte ihr offenkundig gutgetan. Und auch Appi war unbestreitbar katholisch gewesen. Dieses unsichtbare Band zwischen Katholikin und Katholikin, von dem ich mich ausgeschlossen fühlte, war es vermutlich gewesen, was Adelina zum Vorschlag veranlasst hatte, den letzten schönen Tag zu nutzen, um noch einmal zum Blau Schnee hinaufzusteigen und den Fundort von Appi zu besuchen.

Bevor wir uns wieder auf den Weg machten, fragte ich sie ganz direkt, ob sie sich von dieser Pilgerfahrt so etwas wie eine magische Wirkung erwarte. Sie antwortete ebenso direkt, dass es tatsächlich eine solche Hoffnung gäbe, klein zwar gegen alle Einwände der Vernunft, aber dennoch deutlich spürbar. Ja, sie hoffe inständig, dass unsere Tour einen Beitrag dazu leisten könne, dass die entführte Appi wiederauftauche.

Dass ein solcher Beitrag dringend nötig war, wusste sie so gut wie ich. Nicht nur von der offiziellen Nachrichtenseite her. Natürlich war bald nach der Entführung eine Informationssperre verfügt worden, um mögliche Kontakte zu den Entführern nicht zu gefährden, sodass die Medien seit bald zwei Wochen nichts Neues zu vermelden hatten. Was für alle halbwegs findigen Medienkonsumenten aber auch bedeutete, dass Appi immer noch verschwunden war.

Zum Glück war ich nicht auf diese Informationskanäle angewiesen, sondern wusste mehr – was allerdings nicht viel bedeutete. Kurz nach der Entführung hatte mich der Chef von der Sortenorganisation Appenzeller Käse angerufen und gebeten, die Rolle des Kontaktmanns zwischen ihnen und dem Krisenstab zu übernehmen. Ein solcher war rasch gebildet worden, denn angesichts des touristischen Potenzials von Appi handelte es sich tatsächlich um eine regionale Krise.

Der Krisenstab bestand aus Vertretern von Polizei und Justizbehörden der beteiligten Kantone. Dazu gehörten natürlich Appenzell Innerrhoden, wo die Leiche gefunden worden war, und St. Gallen, wo man sie entführt hatte. Unklarer war es zunächst im Fall von Appenzell Ausserrhoden. Mein alter Freund Karl von der Ausserrhoder Kantonspolizei war schliesslich dabei, weil er den ersten Bergungseinsatz so hervorragend koordiniert hatte. Ausserrhoden war zwar nicht direkt beteiligt, doch man fand eine halbwegs überzeugende Begründung: Der Fundort der Leiche liegt nicht weit weg vom Säntisgipfel, und dieser gehört nach einem erst nach langen Streitigkeiten ergangenen salomonischen Urteil zu gleichen Teilen den drei

Kantonen St. Gallen, Appenzell Innerrhoden und Appenzell Ausserrhoden.

Private hatten in diesem Krisenstab aus naheliegenden Gründen nichts zu suchen, doch da man der Sortenorganisation Appenzeller Käse ebenfalls ein legitimes wirtschaftliches Interesse am Entführungsfall zugestand – zusammen mit Appi war auch der Käselaib verschwunden –, fand man schliesslich die Lösung mit dem Verbindungsmann. Offiziell füllte ich diese Rolle als Kommunikationsberater der Sortenorganisation aus, inoffiziell vertrat ich natürlich auch das streng geheime Komitee zur Bewahrung des Geheimnisses der Kräutersulz von Appenzeller Käse, dem ich seit meinem ersten Fall angehörte.

Karl war vom Krisenstab beauftragt worden, den Kontakt zu mir zu halten, und so wusste ich, dass man bisher keinen Schritt weiter war. Es sei, so hatte er in unserem letzten Gespräch gemeint, sicher ein Fehler gewesen, der Öffentlichkeit mitzuteilen, wohin Appi samt Käse gebracht werden sollte. Doch in die gut gesicherten Räume der Eidgenössischen Materialprüfungsanstalt musste man erst mal hineinkommen.

Die Polizei, hatte Karl weiter berichtet, sei natürlich zuerst sofort und intensiv dem Verdacht nachgegangen, die Entführer hätten einen oder mehrere Helfer innerhalb der EMPA gehabt. Ergebnis: Fehlanzeige. Der Kreis jener, die Zugang zum relevanten Sicherheitswissen hatten, war ohnehin klein, und die Betroffenen waren allesamt sauber. Die Personalabteilung hatte offenbar zusammen mit den Sicherheitsleuten ganze Arbeit geleistet. Auch eine intensive Nachprüfung brachte keine verdächtigen Kontakte oder dunklen Flecken in einem Lebenslauf zutage, welche allenfalls erpressbar gemacht hätten. Den Verdacht, dass die Entführer mit interner Unterstützung handelten, konnte, ja musste man also weitgehend aufgeben.

Es gab somit nur eine plausible Erklärung dafür, wie die Entführer in den Besitz des nötigen Wissens gelangt waren, um die Sicherungssysteme zu überlisten: Jemand musste sich von aussen in das System gehackt haben. Das war zwar nicht unmöglich, weil bekanntlich kein System absolut sicher ist, aber doch extrem schwierig. Eigentlich nur einer gut ausgestatteten grösseren Organisation zuzutrauen.

Die Polizei hatte natürlich alle verfügbaren Quellen genutzt, um einer solchen Hacker-Organisation auf die Spur zu kommen. Vergeblich. Deshalb hatte Karl auch nichts dagegen gehabt, dass Adelina, die er mittlerweile auch persönlich kennengelernt hatte, sich auf eigene Faust in der Szene umhörte. Sie war zwar schon nach unserem ersten Fall aus der mehr oder weniger illegalen Hacker-Szene ausgestiegen, doch wegen ihrer Fähigkeiten und ihrer angenehmen Umgangsformen war sie dort noch immer beliebt und hatte keine Mühe, das Netz anzuzapfen und nach Hinweisen auf auffällige neue Hackeraktivisten zu fragen.

Doch auch das hatte nichts gebracht. Niemandem war eine Organisation bekannt, die für einen solchen Angriff in Frage käme. Und wenn es doch ein genialer Einzelgänger gewesen war, was Adelinas Hackerfreunde letztendlich für möglich hielten, dann musste es sich um einen völlig isolierten Einzelgänger handeln, der keinerlei Kontakte zu irgendwelchen Szenen pflegte.

Somit blieb nur die Hoffnung, dass sich die Entführer von sich aus meldeten. Doch auch an dieser Front herrschte absolute Funkstille. Kein Bekennerschreiben, keine Lösegeldforderung, gar nichts. Was natürlich Zweifel an der Rationalität der Entführer nährte: Wozu hatten sie Appi entführt, wenn nicht, um irgendetwas zu erreichen? Doch wie konnten sie das erreichen, wenn sie nicht sagten, was sie wollten?

Dazu kam die Sorge um den Zustand von Appi. Wenn die Gletscherleiche nicht präzise sachgemäss gekühlt und gelagert würde, nähme sie rasch Schaden. Man konnte nur hoffen, dass die Entführer über das nötige Wissen und Gerät verfügten. Ihre Arbeitsweise beim Leichenraub weckte Hoffnungen, da waren eindeutig Profis am Werk gewesen. Doch die Ungewissheit blieb und machte die Verantwortlichen von Tag zu Tag nervöser.

Weil ich gegenüber Adelina keine Geheimnisse hatte, oder

jedenfalls fast keine, war sie über den aktuellen Stand ebenso gut im Bilde wie ich. Weitere Gespräche darüber erübrigten sich also, worüber wir angesichts des steilen Aufstiegs, der unsere gesamte Lungenkapazität forderte, nicht unfroh waren.

Die Mesmer-Alp, auf der ein paar Wochen zuvor noch das brausende Leben eines Musikfestivals getost hatte, lag jetzt leer und verlassen, und ausser den Rufen der Bergdohlen störte nichts die friedliche Stille. Wir verpflegten uns aus dem Rucksack, um nach kurzer Rast wieder aufzubrechen.

Am Hängeten beim Oberen Mesmer entdeckte Adelina eine Gedenktafel, die mir bei meinem ersten Aufstieg entgangen war. Die Tafel war in Latein beschrieben, in einer Sprache also, die ich mal gelernt, aber in den Jahrzehnten seither so stark vergessen hatte, dass ich zu einer spontanen Übersetzung nicht mehr fähig war. Adelina als digitale Eingeborene wusste flugs Rat, holte ihr iPad aus meinem Rucksack, war alsbald am Googeln und hatte nach Sekunden eine Übersetzung auf den Bildschirm gezaubert:

«Christoph Jezler, der bekannte Schaffhauser Bürger und verdienstvolle Schweizer Mathematik- und Physikprofessor, ist an diesem Felsen, vom höchsten Berggipfel herabstürzend, am fünften September 1791 tödlich verunglückt.»

Zusätzlich fand sie heraus, dass dieser Jezler zu den ersten Naturwissenschaftlern gehörte, welche den Alpstein erforschten. Als Erfinder des Gefässbarometers war er für Höhenmessungen prädestiniert, und solche wollte er offensichtlich auch am fraglichen Tag vornehmen. Zwei Wochen später fanden ihn zwei Alphirten tot, der Zustand seines Körpers liess darauf schliessen, dass er aus grosser Höhe über die Felsen herabgestürzt war.

Eine besondere Note erhielt die Geschichte dadurch, dass der Innerrhoder Landammann Ruosch eigenmächtig, ohne Einbezug des Rates, den Leichnam Jezlers im Südfriedhof ausserhalb der Kirchenmauern vergraben liess. Entsetzt über die unwürdige Beerdigung des berühmten Schaffhausers fuhr ein dortiger reformierter Ratsherr ins katholische Appenzell, wo er nach langwierigen Verhandlungen schliesslich erreichte, dass der Körper wieder ausgegraben und ins reformierte Gais transportiert wurde, wo Jezler auf dem Friedhof seine letzte Ruhestätte erhielt.

An dieser Stelle dämmerte eine Erinnerung in mir auf. Der Künstler Heinzpeter Stutzer, der in meinem ersten Fall Kluges zur Einzigartigkeit des Appenzellerlandes geäussert hatte, hatte mir bei einer späteren Begegnung diese Geschichte erzählt, die er als intimer Kenner des Alpsteins natürlich kannte. Allerdings gab es in seiner Version noch eine zusätzliche Komponente: Man hätte damals gemunkelt, es könnte sich auch um einen Selbstmord handeln.

Adelina fand auf die Schnelle im Netz keinen Hinweis darauf, wohl aber die Kurzbiografie dieses Jezler. Der hatte sich um seine Vaterstadt Schaffhausen verdient gemacht, war dann aber mit ihr so in Streit geraten, dass er auswandern wollte – just direkt nach seiner letzten Vermessungsreise in den Alpstein. Wir mutmassten noch eine Weile herum, dass in einer solchen Situation ein Anfall von Depression schon denkbar gewesen wäre, mussten uns aber damit begnügen, dass eine wirkliche Klärung noch unmöglicher sei als bei unserem ersten Fall, wo Selbstmord oder Unfall als Todesursache ja auch nicht auszuschliessen gewesen waren.

Nachdenklich blickte Adelina zum näher gerückten Säntisgipfel hoch und erkundigte sich dann nach den näheren Umständen jenes Doppelmords, der doch da oben stattgefunden habe, wie sie sich vage erinnere. Ich lieferte ihr die Kurzversion: Im Jahr 1922 gab es auf dem Säntisgipfel bereits eine ganzjährig betriebene Wetterstation, was bedeutete, dass der Wetterwart und seine Frau den ganzen Winter oben ausharren mussten, weil es keine Möglichkeit gab, ab- und wieder aufzusteigen – die Schwebebahn von der Schwägalp auf den Säntis wurde erst 1935 eröffnet.

Im Februar 1922 meldete das Wetterwächter-Ehepaar Haas die Ankunft eines ungebetenen Gastes. Ein junger Mann aus

Österreich, der sich ebenfalls um den Job als Wetterwart beworben hatte, aber wegen mangelnder Verehelichung abgewiesen worden war, hatte sich durch die vereisten Wände hochgekämpft. Wohl oder übel mussten sie ihn beherbergen, denn ein Zurückschicken hätte den sicheren Tod bedeutet. Dieser ereilte sie selbst: Nachdem der Kontakt abgebrochen und ein Suchtrupp losgeschickt worden war, fand man das Ehepaar in seinem Blute. Und den jungen Mann drei Wochen später erhängt in einer Scheune. Bis heute erregt dieser grauslige Doppelmord die Gemüter im Appenzellerland.

Zum Glück verscheuchte die Notwendigkeit zur vollen Aufmerksamkeit und Achtsamkeit beim letzten steilen Aufstieg alle Gedanken an düstere Themen wie Tod und Mord. Wenn nur noch der nächste Schritt existiert, sind Vergangenheit und Sorgen weit weg.

Nach dreieinhalb Stunden waren wir am Fuss des Blau Schnees angekommen und hatten so eine gute halbe Stunde Zeit, ehe wir uns wieder an den Abstieg machen mussten, um nicht in die Dunkelheit zu geraten. Die Fundstelle hatte ich problemlos wiedergefunden, auch wenn sie nach der Bergung offenbar geradezu pingelig wieder aufgeräumt worden war. Die glatten Flächen und scharfen Kanten, die beim Herausschneiden des Eisblocks rund um die Gletscherleiche entstanden waren, hatten sich wegen des Schmelzwassers längst in weiche, runde Kurven verwandelt. Wenn ich es nicht besser gewusst hätte, wäre ich nie auf die Idee gekommen, dass an exakt dieser Stelle über Jahrhunderte die tote Appi gelegen hatte.

Adelina grub mit einem Stein unter dem überhängenden Felsen ein kleines Loch, versenkte darin ihr Kreuz, deckte es mit Geröll zu und murmelte ein Ave-Maria, während ich ihrem Treiben stumm, aber mit gefalteten Händen zusah. Dann stand sie auf und flüchtete sich fröstelnd in meine Arme, die Nähe zum Gletschereis und der tiefe Schatten vermittelten eine kühle Empfindung, die von der Erinnerung an das Drama, das sich hier ereignet hatte, sicher noch verstärkt wurde.

Dann geschah etwas, was öfter vorkommen soll: Wo der Tod so nah ist, eilt auch das Leben herbei, um jene Kräfte zu wecken, die für seine Erhaltung sorgen. Wir spürten beide die entsprechenden Gelüste in uns aufsteigen, suchten uns ein sonniges und halbwegs flaches Plätzchen, bereiteten mit unseren Kleidern ein einigermassen bequemes Lager und teilten dann die Wonnen – neugierig beäugt von einer ganzen Herde von Gämsen, die sich, von uns unbemerkt, zwischenzeitlich genähert hatten.

Als wir danach von der Kühle rasch wieder in unsere Kleider getrieben wurden, entdeckte ich an meinen Knien ein paar blutige Schrammen von den durchdrückenden Felskanten, doch das störte mich in diesem Moment gar nicht. Ich war einfach nur froh und glücklich über diesen Verlauf meiner Rückkehr zum Fundort von Appi.

Adelina verspürte vor unserem Aufbruch noch ein menschliches Bedürfnis und ging ein paar Schritte weiter hinter einem Felsvorsprung in Deckung. Als sie zurückkam, stutzte sie plötzlich. Etwa auf ihrer Augenhöhe hatte sie etwas entdeckt, was nicht dahin gehörte. Von einem Stein sturmsicher beschwert, lag in einer kleinen Kuhle ein sorgfältig in Plastikfolie eingehülltes Stück Papier. Sie barg es behutsam und trug es zu mir.

In einer grossen, fetten roten Druckschrift standen darauf nur ein paar wenige Worte: «Wir haben Appi – free App!»

Kunst ist Kunst

Als ich noch während des Abstiegs Karl anrief, um ihm von unserem Fund zu berichten, erhielt ich die Antwort auf eine Frage, die sich Adelina und mir bald nach der ersten Überraschung gestellt hatte: Wie konnten der oder die Absender der Botschaft wissen, dass diese an einem so abgelegenen Ort wirklich gefunden würde? Gab es schon wieder eine unheimliche Macht, die uns ausspionierte? Die Antwort war viel einfacher: Das Papier, das wir gefunden hatten, war nur eines von vielen. Am Tag unserer Bergwanderung waren sie an verschiedenen Stellen aufgetaucht: auf dem Säntisgipfel, in der Schaukäserei Stein, im Dorf Appenzell, im Einkaufszentrum von Herisau. Allen Plätzen war gemeinsam, dass die Papiere dort, anders als oben am Blau Schnee, mit hoher Wahrscheinlichkeit gefunden werden würden, und falls einzelne doch verschwinden würden, gab es noch genug andere. Und da nicht alle Finder damit zur Polizei gegangen waren, sondern manche auch direkt zu den Medien, verbreitete sich die Meldung, es sei ein Bekennerschreiben aufgetaucht, innerhalb weniger Stunden.

Adelina hätte am liebsten direkt nach dem Fund der Botschaft angefangen, auf ihrem iPad zu googeln, doch weil es wegen der diversen Intermezzi am Fuss des Blau Schnees später geworden war als geplant, hatte ich zum Aufbruch gedrängt. Der Abstieg erforderte unsere volle Konzentration, doch wir schafften es gerade noch rechtzeitig vor Einbruch der Dunkelheit, im Tal anzukommen. Das Bähnchen von Wasserauen nach Appenzell wartete schon, und so konnte Adelina endlich herausfinden, wer «free App!» war.

Wie nicht anders zu erwarten gewesen war, betrafen alle Suchergebnisse die Möglichkeit, freie Apps herunterzuladen, also kleine Programme für Smartphones oder Tabletcomputer, von denen manche eine kleine Summe kosteten, während viele andere eben «frei», also kostenlos, zu beziehen waren. Selbst Adelina, die ja nun wirklich vom Fach war, staunte ob der Vielfalt und Breite, die das Angebot an solchen freien Apps mittlerweile erreicht hatte. Nur ein App, das irgendetwas mit der entführten Appi zu tun hatte, fand sich nirgends.

Dann schlug ich in meiner Netz-Naivität vor, es doch einfach mal mit der direkten Anwahl von ein paar Websites zu probieren. Die Wahl freeapp.ch führte zum Hinweis, die Seite befinde sich im Aufbau, doch schon das Hinzufügen eines Bindestrichs führte zum Treffer: Auf www.free-app.ch fanden wir, was wir suchten.

«free App!», so lasen wir auf der Startseite, sei eine Kunstaktion zur Befreiung von Appenzell. Dass es dabei nicht um die politische Freiheit ging, war klar, schliesslich lagen die erfolgreichen Befreiungskriege der Appenzeller über sechshundert Jahre zurück. Vielmehr wurde offenbar eine Art geistiger Befreiung angestrebt. Diese Botschaft konnte man einem Bild entnehmen, das den grösseren Teil der Startseite ausfüllte: Über das dreidimensionale Modell des Appenzellerlandes stülpte sich eine Käseglocke aus Glas, die von einer den Griff umklammernden Hand um ein paar Zentimeter angehoben wurde.

Auf der Seite «Hintergründe» berief sich «free App!» auf die appenzellische Tradition der «Narrägmäänd», also der Narrengemeinde. Darin versammelten sich jeweils wenige Tage nach der alljährlichen Landsgemeinde jene Bürger, denen wegen irgendeines Delikts oder weil sie sonst wie unangenehm aufgefallen waren, die bürgerlichen Ehren und Rechte aberkannt worden waren, weshalb sie nicht an der Landsgemeinde teilnehmen durften. Das Ritual der Narrengemeinde bestand darin, die Landsgemeinde nachzuäffen und die Mächtigen zu verspotten.

Im 19. Jahrhundert war diese Tradition verboten worden, doch 1983 wurde sie von einem Grüppchen nonkonformistischer Musiker, Literaten, Maler und sonstiger (Lebens-)

Künstler wiederbelebt. Auslöser war das an der Ausserrhoder Landsgemeinde erneut abgelehnte Frauenstimmrecht. Dieser geistigen Verengung wollte man mit den Mitteln der Kunst einen befreienden Windstoss entgegensetzen. Ob es daran lag, dass die Männerrunde der Landsgemeinde von 1989 das Frauenstimmrecht schliesslich doch akzeptierte, wenngleich mit einem umstritten knappen Entscheid, sei dahingestellt, doch die Narrengemeinde traf sich seitdem immer wieder in unregelmässigen Abständen. Die Traktandenliste der Auflage von 2010 erwähnte die Themen «Vergiften wir unsere Alpseen?» und «Wieso sich Dinoflagellaten im Seealpsee so sauwohl fühlen».

«free App!» behauptete auf seiner Website, die Narrengemeinde sei zwar eine gute Idee, aber doch allmählich zu einem nostalgischen Altherrenclub verkommen, von dem keine wirklich geistig befreienden Impulse mehr ausgingen. Weshalb es Zeit gewesen sei, eine neue Aktion zu starten.

Oder sogar deren zwei, denn zwei Aktionen hatte «free App!» offenbar schon durchgeführt und auf der Website ausführlich dokumentiert. Die erste war gleichsam eine künstlerische Intervention in ein Kunstprojekt. Dieses stammte von dem für seine künstlichen Landschaftsräume bekannten Konzeptkünstler Olaf Nicolai, der auf der Ebenalp ein künstliches Edelweissfeld von sechs mal sechs Metern angelegt hatte, dicht bepflanzt mit gezüchteten Exemplaren dieses mythenbeladenen hochalpinen Blümchens mit seinen wollweissfilzigen sternförmigen Rosettenblüten.

Die Initianten des Projekts hatten sich eine vertiefte Diskussion über das Verhältnis von Natur und Kunst, über künstliche oder künstlerische Fremdkörper erhofft, doch die war weitgehend ausgeblieben. Die Touristen, die von der Bergstation der Ebenalpbahn hinunter zum Wildkirchli und wieder hinaufwanderten, nahmen es als nette, wenngleich nicht sehr aufregende Dekoration der alpinen Landschaft wahr, als logische Fortsetzung der sattsam bekannten Idee des künstlich angelegten Bergblumengartens.

An diesem milden Desinteresse änderte sich auch nichts, als die Verantwortlichen eines Morgens ein paar Wochen vor der Entdeckung von Appi das Edelweissfeld verwüstet vorfanden. Verwüstet war es eigentlich nicht wirklich, wie ein auf der Website sichtbares Bild zeigte, eher nach der Art der Kornkreisfelder neu gestaltet. Sorgsam waren einzelne Edelweisspflanzen samt Wurzeln ausgegraben worden, und zwar so, dass die Lücken einen Schriftzug ergaben: free App!

Die anonyme Künstlergruppe hatte auf ihrer Homepage auch beschrieben, was mit den ausgegrabenen Edelweissen geschehen war: Man hatte sie sorgfältig weiter oben im Alpstein wieder eingepflanzt, an Standorten, die gemäss Botanikern natürliche Fundorte gewesen sein könnten, ehe das Edelweiss dort fast ausgerottet worden war.

Als mir Adelina diesen Teil vorlas (wir sassen mittlerweile im Zug von Appenzell nach St. Gallen), konnte ich mir ein Schmunzeln nicht verkneifen. Adelina fragte nach dem Grund, und ich erzählte ihr, gemäss der Legende meiner Familie hätte es mal einen Urgrossvater oder so gegeben, der zu Edelweiss ein eigenartiges Verhältnis hatte: Statt sie zu pflücken, pflanzte er welche an den Abhängen des Säntis. Leider enthielt die Legende keinerlei Details, weder über die Herkunft der Pflanzen noch über deren neue Standorte, und doch hat sie mir immer sehr gefallen, zumal es sich um die vermutlich skurrilste Geschichte meiner Familiensaga handelt. Das trug natürlich entscheidend dazu bei, dass ich diese unbekannten Jungs und Mädels von «free App!» immer sympathischer fand.

Unter dem Stichwort «Medienwirkung» musste die Künstlergruppe allerdings kleinlaut eingestehen, dass diese gleich null gewesen war. Über Mittelsmänner hatte man sich erkundigt und herausgefunden, dass die Verantwortlichen von der Ebenalpbahn, welche die Pflege des Edelweissfelds besorgten, das Ganze als Lausbubenstreich betrachtet hatten. Direkt nach der Entdeckung der Lücken am frühen Morgen hatte man die noch vorhandenen Edelweissreserven geräumt und damit die Löcher gefüllt, noch bevor die ersten Touristen etwas bemerken konnten. Nicht einmal ein Bild vom Schriftzug hatte man gemacht, und auf die Idee, die Polizei zu benachrichtigen, war ohnehin niemand gekommen, zu gross war die Furcht vor einer Störung des Normalbetriebs gewesen.

Und so blieb die eigentliche Botschaft der Aktion im Verborgenen. Auf der Homepage von «free App!» war diese Botschaft in einem lapidaren Satz formuliert: «Befreit Appenzell vom Kitschimitsch!»

Auch die zweite Aktion war in Sachen Medienwirksamkeit ein Flop gewesen. Dabei war sie wirklich gut ausgedacht gewesen, wie die Dokumentation auf der Website von «free App!» eindrücklich bewies. Ausgangspunkt war das Zusammenkommen von zwei Ereignissen gewesen. Zum einen feierte die amtliche Landschaftsvermessung in der Schweiz ihr hundertjähriges Jubiläum, und dazu wollte auch der Kanton Appenzell Ausserrhoden einen Beitrag in Form einer Skulptur oder etwas Ähnlichem beisteuern. Beauftragt wurde dafür, und deshalb hatte ich die Sache überhaupt zur Kenntnis genommen, mein schon erwähnter Künstlerfreund Heinzpeter Stutzer.

Da dessen Stärke selbsterklärtermassen nicht die Handarbeit ist, sondern die Idee, schlug er vor, einen überdimensionalen Jalon aufzupflanzen. Ein Jalon ist ein rot-weiss gestreifter Absteckpfahl, wie man ihn von den Vermessern kennt. Der Denkmaljalon sollte eine siebeneinhalb Meter lange Aluminiumstange sein, die man senkrecht in einen Betonsockel steckte.

Bei der Frage, wohin man dieses Leichtmonument platzieren sollte, wurde die Geschichte nun wirklich skurril. Ausserrhoden wollte nämlich der sich in den letzten Jahren epidemisch verbreitenden Idee folgen, seinen geografischen Mittelpunkt zu bestimmen. Das passiert, bildlich gesprochen, so, dass man die Kantonsfläche auf einen Karton klebt, ausschneidet und dann jenen Punkt sucht, an dem man von unten eine Nadel so in den Karton stecken kann, dass dieser flach liegen bleibt, also ausbalanciert ist.

Das Ergebnis dieser Methode alarmierte die Ausserrhoder im höchsten Mass: Der so ermittelte Mittelpunkt ihres Halbkantons lag nämlich im anderen Halbkanton, also in Innerrhoden. Deshalb griffen sie tief in die Trickkiste, um, wie es beschönigend formuliert wurde, nicht mehr den Mittelpunkt des Kantons zu bestimmen, sondern «das arithmetische Mittel der Gemeindeschwerpunkte». Und erreichten auf diesem fragwürdigen Weg dann doch ein Zentrum, das im eigenen Halbkanton lag.

An diesem zweifelhaften Punkt auf dem Gebiet der Gemeinde Teufen also wurde die Aluminiumstange aufgerichtet. Und von dort hatte sie «free App!» entführt und am eigentlichen Kantonsmittelpunkt im innerrhodischen Haslen provisorisch wieder eingegraben. Beklebt mit einer klaren Aussage: Befreit Appenzell vom Kantönligeist!

Von dieser zweiten Entführungsaktion hatte diesmal auch die Polizei erfahren und sogar eine dürre Pressemitteilung dazu veröffentlicht. Ich erinnerte mich nicht, sie gelesen zu haben. Hätte ich es getan, wäre mir sicher die Geschichte von den Jungseparatisten aus dem Jura eingefallen, die Jahre zuvor den Unspunnenstein entführt hatten, einen Felsbrocken, den urige Mannen an eidgenössischen Älplerfesten so weit wie möglich stiessen und der deshalb eine wichtige mythologische Bedeutung hatte. Natürlich war der Vermessungsstab diesbezüglich nicht halb so stark aufgeladen, aber das bestens erinnerte Beispiel hätte genügt, um auch der Nachahmeraktion die gebührende Aufmerksamkeit zu verschaffen. Wenn, ja wenn nicht besagte Meldung ausgerechnet an jenem Tag erschienen wäre, an dem alle Medien von der Entdeckung Appis berichteten.

Das war nun Künstlerpech im wahrsten Sinne, und entsprechend frustriert äusserte sich «free App!» auf der eigenen Website zu dem Vorfall. Frustriert war auch Adelina, die endlich wissen wollte, wer hinter diesen Aktionen stand, und nachforschte, wer als Halter der Internetadresse von «free App!» eingetragen war. Offizieller Besitzer war eine Firma auf den Cayman Islands, und der zuständige Server stand in Russland.

Beides würde die Suche nach den wahren Hintermännern empfindlich erschweren, was auch die Polizei schnell einsehen musste.

Das erfuhr ich von Karl am nächsten Tag, der entgegen der Prognosen noch einmal schön und warm geworden war, weshalb sich Karl zu einem Besuch bei mir oben auf dem Hügel entschieden hatte. Adelina war über Nacht bei mir geblieben und beteiligte sich lebhaft an der Diskussion darüber, ob «free App!» wirklich für die Entführung von Appi und dem Käselaib in Frage käme.

Dafür sprach das gute alte Muster von allen guten Dingen, die immer drei seien. Zweimal hatte die Aktionsgruppe schon etwas entführt, warum sollte sie also nicht, gleichsam als Krönung einer Trilogie, auch noch die Gletscherleiche entführen? Eine dazu gehörige Botschaft liess sich auch ausmalen, etwa der Aufruf zur Befreiung von der einseitigen Fixierung auf den Folkloretourismus.

Und doch blieben wir alle drei skeptisch. Ein paar Edelweissstöcke oder eine Aluminiumstange zu entführen, ist eines, eine Gletscherleiche aus einem gut gesicherten Kühlraum zu entführen, denn doch etwas anderes. Die Spuren hatten auf Profis hingewiesen, und die waren teuer. Es war kaum anzunehmen, dass ein Grüppchen von notorisch klammen Künstlern eine solche Summe hätte auftreiben können.

Dazu kam, dass die Internetseite von «free App!» keinerlei Hinweise auf unseren Entführungsfall enthielt. Adelina hatte eigens diese Seite noch einmal aufgerufen, um sich zu vergewissern, dass das auch für die neuste Version zutraf. Und um später gleich noch einmal nachschauen zu können, hatte sie den Zeiger der Maus auf jenem halbkreisförmigen Pfeilsymbol liegen gelassen, mit dem man die gleiche Seite in ihrer aktuellsten Version herunterladen kann.

Wir sprachen gerade über die Möglichkeit, dass Trittbrettfahrer am Werk sein könnten, die sich mit den verstreuten Blättern einfach wichtigmachen wollten, als Grizzly hereinstolziert kam. Er, der in verschiedenen Grauschattierungen gestreifte Kater, der offiziell immer noch meinen Nachbarn gehörte, in Wirklichkeit jedoch längst unsere Hauskatze geworden war, wollte sich offenbar aus grösserer Höhe einen Überblick über die Anwesenden und das Geschehen verschaffen und sprang auf meinen Schreibtisch, wo er mit der rechten Vorderpfote mitten auf die Computermaus tapste. Sein Gewicht reichte aus, um den Befehl «erneut laden!» auszulösen.

Ich wollte Grizzly schon schimpfend von seinem unerlaubten Platz hinunterschmeissen, als Adelina entdeckte, dass die frisch geladene Seite tatsächlich Neuigkeiten enthielt. Wenn auch nicht die von uns allen erwarteten.

Stattdessen wurde dort die wahre Geschichte von Apple angekündigt, genauer die Lösung des Rätsels, warum Apple so heisst. Ein eben erst entdeckter kurzer Videofilm würde enthüllen, dass Steve Jobs damals bei der Gründung im Namen einen Hinweis auf Appenzell versteckt hätte. Die drei ersten Buchstaben von Apple stünden demnach nicht für den Apfel, wie die offizielle Version laute, sondern für Appenzell. Und diesen Film könne man sich in (hier lief eine rückwärtstickende Uhr) Minuten auf Youtube unter dem folgenden Link ansehen.

Die Uhr zeigte noch eine knappe Stunde Wartezeit an. Wir nutzten sie, um uns über die Plausibilität der Geschichte zu unterhalten. Sicher, die Wahrscheinlichkeit, dass etwas dahintersteckte, war sehr gering, zu gut war die Gründungsgeschichte von Apple und von Steve Jobs dokumentiert. Doch die Idee, die beiden Marken Apple und Appenzell wegen ihrer gemeinsamen drei Anfangsbuchstaben in Verbindung zu bringen, hatte ihre Reize, wie wir übereinstimmend feststellten. Natürlich war die Marke Apple ungleich gewichtiger als die Marke Appenzell, doch auf ihre Art waren beides starke Marken, und es hatte eine Zeit gegeben, zu der die Gewichte andersherum verteilt waren.

Dazu fiel mir eine Geschichte ein, die ich beim Ableben

von Adam Yauch gelesen hatte. Dieser war Gründer der einflussreichen Funkpunk-Gruppe Beastie Boys gewesen, einer Gruppe von drei jüdischen Jünglingen aus Brooklyn, New York. Zu den vielen schillernden Facetten im Leben des Herrn Yauch gehörte eine fiktive Biografie. Er drehte nämlich als Nathaniel Hörnblower Videoclips von seiner eigenen Band, und dieser Hörnblower war angeblich ein Bauernsohn aus Appenzell. Statt zur Schule zu gehen, unterhielt er sich lieber in merkwürdigen Lauten mit den Kühen und Ziegen auf der Alp. Mit zehn entdeckte er die Super-8-Kamera seines Vaters, was der Grundstein für eine mässig erfolgreiche Karriere als Filmer war.

Adelina hatte dazu ebenfalls auf Youtube ein Filmdokument von 1992 gefunden, in dem dieser Hörnblower zusammen mit seinen beiden Bandkollegen auf dem Dach eines New Yorker Hochhauses interviewt wird. Seine Aufmachung erinnert zwar eher an Tirol als an Appenzell, doch er rühmt in rührenden Worten seine Herkunftsgegend und plaudert munter über die Vorzüge des Alphornblasens. Wenn also ein erfolgreicher Musiker aus den USA so stark von der Marke Appenzell angezogen wird, dass er sie in seine fiktive Biografie einbaut – warum sollte dann nicht auch Steve Jobs diese Anziehung gespürt haben?

Als Plot für eine fiktive Geschichte erschien uns der Ansatz jedenfalls genial, und wir warteten gespannt auf die filmische Umsetzung. Adelina hatte die Ankündigung längst in die Welt hinausgewittert, zusammen mit der Mitteilung, es handle sich um die gleiche Künstlergruppe, welche die vermeintlichen Bekennerschreiben hinterlassen habe. Diese Verbindung von Gletscherleiche und Apple wirkte offenbar unwiderstehlich, und so brachen die Server von Youtube fast zusammen, als der Film pünktlich freigeschaltet wurde.

Der Filmtitel hiess ganz unreisserisch «Apple und Appenzell». Als Erstes sieht man einen ergrauten Kopf von hinten und hört eine leicht verzerrte Stimme, die jedoch unzweifelhaft als diejenige von Steve Jobs erkennbar ist, sagen: «Nun, da ich mein Ende nahen fühle, wird es Zeit, die wahre Geschichte von Apple zu erzählen. Ich weiss, sie klingt ziemlich verrückt, doch zum Glück gibt es ein Zeugnis, das sie bestätigt. Mein alter Freund, der selbst aus Appenzell stammende Filmemacher Nathaniel Hörnblower, hat sie nämlich gefilmt, auf der noch von seinem Vater stammenden alten Filmkamera. Er hat mir damals die Filmrolle geschenkt, und ich habe sie all die Jahre sorgfältig versteckt. Jetzt kann und will ich sie der Welt zeigen.»

Das Bild wirkt ab dann körnig und ausgebleicht. Zunächst schwenkt die Kamera auf einen knallgelben Wegweiser mit dem Hinweis «Wildkirchli». Dann sieht man einige Aufnahmen aus dem Inneren der bekannten Bären- und Einsiedlerhöhle. Die Kamera folgt von hinten einem langhaarigen jungen Mann in Hippiegewändern. Der Mann geht bis zum unteren Eingang der Höhle und setzt sich dort direkt neben der kleinen Holzkapelle auf den nackten Fels. Die Kamera zeigt zunächst noch das unvergleichliche Bergpanorama, das sich dem Betrachter hier präsentiert, und zoomt dann auf den in Meditationshaltung sitzenden jungen Mann. Je näher sie kommt, desto besser erkennt man, dass es sich um den blutjungen Steve Jobs handelt.

Dieser lächelt verzückt in die Kamera und beginnt dann zu sprechen. Da damalige Amateurkameras keine Tonspur hatten, kann man natürlich nichts hören, doch das, was er sagt, kann man einigermassen an den Lippen ablesen, und für Begriffsstutzigere läuft unten am Bild ein Textband:

«Heilige Kuhscheisse! Was für ein LSD-Trip! Ich habe ja geahnt, dass die Wirkung in der Schweiz, wo das Zeug entdeckt wurde, eine besondere sein würde, aber so … Und was für ein Platz, dieses Appenzell. Du hattest recht, Nathaniel, hier gibt es wirklich so starke positive Schwingungen, dass ich endlich zu mir finden, die Verwundungen meiner Seele vergessen und ganz entspannt nach vorne blicken kann.

Ich bin ja auf dem Weg nach Indien, aber ich zweifle, dass ich dort einen so starken Platz finden werde.

Oh Mann, was für eine Vision! Ich werde der Gründer und Boss eines grossartigen Unternehmens werden, das die Welt mit wundervollen Produkten verändern wird. Ich habe zwar noch keine Ahnung, was das für Produkte sein werden, doch ich weiss schon ganz genau, wie ich die Firma nennen werde: Appenzell!

Was meinst du? Der Name sei zu lang und zu wenig eingängig? Ja, du hast recht, aber ich will diesen wunderbaren Ort unbedingt im Namen meiner Firma verewigen.

Ich habe Hunger. Hast du was zu essen dabei?»

Eine Hand kommt ins Bild. Sie reicht Steve Jobs einen Apfel.

«Ja, das ist es! Ich nenne die Firma einfach ›Apple‹ und erfinde eine schöne Geschichte, wie ich darauf gekommen bin, habe mich schliesslich lange genug auf einer spirituellen Apfelfarm herumgetrieben. Du und ich aber werden immer wissen, was die drei ersten Buchstaben in Wirklichkeit bedeuten – einen Tribut an deine Heimat Appenzell.»

Steves Gesicht verklärt sich immer mehr. Die Kamera zoomt zurück zur Totalen und zeigt, wie Jobs segnend die Arme ausbreitet, langsam vom Boden abhebt, sich aus seiner sitzenden Haltung streckt und schliesslich, immer noch mit ausgebreiteten Armen, einige Meter weit hinaus über den Abgrund fliegt. Elegant schwebend dreht er eine luftige Tour zum nahen, an den Fels geklebten Berggasthaus «Aescher», segnet die dort auf der Terrasse sitzenden Gäste und fliegt dann zurück zum Ausgangspunkt. Für die Kamera ist er jetzt im Gegenlicht der schon ziemlich tief stehenden Sonne, die sein von Wallehaar und Rauschebart geschmücktes Gesicht mit einem Heiligenschein umrahmt.

Wieder gelandet, spricht er einen letzten Satz in die Kamera: «Das bin ich – der zukünftige heilige Stephanus von Appenzell.»

Der kurze Film wurde innerhalb weniger Tage weltweit zum Renner und millionenfach angeklickt. Apple reagierte darauf zunächst reflexartig mit der Androhung von Klagen, sah dann jedoch ein, dass es für die Stärke einer Marke spricht, wenn man mit ihr spielt, und liess sich vollends von den nach der Aufschaltung des Films spürbar gestiegenen Verkäufen von Apple-Produkten überzeugen.

Eingefleischte Apple-Fans, die Steve Jobs spätestens nach seinem Tod ohnehin zum Heiligen verklärt hatten, hielten es für durchaus möglich, dass der Film echt sei. Immerhin hatte Jobs im Jahr 1974 auf seiner Reise nach Indien eine längere Zeit in Europa verbracht und war nachweislich in Lugano gewesen. Von dort aus wäre es nur noch ein Katzensprung ins Appenzellerland gewesen. Dass er im Wildkirchli gewesen war, war also nicht auszuschliessen. Und das Filmdokument sprach schliesslich für sich, wenngleich es schon einer grossen Portion Glaubensstärke bedurfte, auch die Szene mit dem über dem Abgrund schwebenden Heiligen für echt zu halten.

In einem Internetforum, in welchem solche und ähnliche Fragen mit Leidenschaft diskutiert wurden, meldete sich zwei Tage nach der Aufschaltung des Films ein ehemaliger Mitarbeiter von Pixar, jener Firma zur Produktion von Animationsfilmen, die Steve Jobs nach seinem Rausschmiss bei Apple gegründet hatte. Ein kleines Team, dem er angehört habe, hätte seinerzeit den Film im Computer hergestellt, um dem Chef zu beweisen, welche Möglichkeiten in der virtuellen Produktion real erscheinender Szenen steckten. Jobs habe darauf für seine Verhältnisse ausgesprochen amüsiert reagiert, aber zugleich die Vernichtung der Datei angeordnet, eine Anweisung, an die er, der ehemalige Pixar-Mitarbeiter, sich nicht gehalten habe. Nun, da Jobs tot sei, habe er keinen Grund mehr dafür gesehen, den Film geheim zu halten, und sich damit an die ihm zufällig bekannte Künstlergruppe «free App!» gewandt.

Auch die Diskussion über den Wahrheitsgehalt dieser Geschichte wogte im Netz und in den Medien noch eine ganze Weile hin und her. Es war Adelina, die sie schliesslich beendete. Mit Hilfe ihrer Hackerfreunde und einiger Hinweise, die ich aus meinem realen Netzwerk erhielt, in dem auch etliche Appenzeller Künstlerinnen und Künstler vertreten sind, gelang es ihr nämlich, herauszufinden, wer hinter der Website von «free App!» steckte.

Wir überliessen es einem uns gut bekannten Journalisten, ein Interview mit dem so enttarnten Kopf der Künstlergruppe zu führen. Das brachte ihm eine Exklusivstory und uns einen Stein im Brett bei ihm ein. Der Erkenntnisgewinn in Sachen Appi-Entführung war jedoch minim.

Wie wir schon erwartet hatten, hatte «free App!» nichts mit dem Leichenraub zu tun. Die Gruppe war einfach sauer gewesen, weil ihr Appi bei der Entführung der Messstange die ganze Publizität geklaut hatte. Sie hatte deshalb beschlossen, sich als Entführer auszugeben, um mit diesem Vehikel die Aufmerksamkeit einer breiten Öffentlichkeit auf den Apple-Film zu lenken. Diesen hatten sie mit einfachen Mitteln selbst gemacht. Als Aufruf dazu, die eigene Phantasie zu befreien. Im Appenzellerland und darüber hinaus.

Die Strategie war voll aufgegangen. Der Film wurde zum Kult und bescherte der Künstlergruppe einen enormen Zuwachs auf ihrem Aufmerksamkeitskonto. Doch Kunst bleibt Kunst, und immer noch warteten alle direkt Beteiligten ebenso wie die Öffentlichkeit, die wieder regen Anteil am Schicksal der Gletscherleiche nahm, auf ein Zeichen der wahren Entführer.

Grosse Pläne

Rolf Nötzli, der Journalist, der unserem Tipp das Exklusivinterview mit dem Kopf von «free App!» verdankte, hatte bald Gelegenheit, sich zu revanchieren. Er war über Nacht bekannt geworden, was ihn einerseits daran hinderte, weiterhin selbst als Unbekannter vor Ort zu recherchieren, ihm andererseits aber redaktionsintern so viel Statusgewinn brachte, dass er sich erlauben konnte, für diese Aufgabe einen Assistenten einzusetzen.

Dieser hatte nur zwei Tage nachdem definitiv klar geworden war, dass die Künstlergruppe nicht hinter der Entführung von Appi steckte, noch spätabends in der fast leeren Bar des Hotels Hof Weissbad gesessen, auf einem dieser gelb-rot bezogenen altertümlichen Sessel direkt unter der auf Holz aufgetragenen Bauernmalerei mit einem Appenzeller Hackbrettspieler. Knapp zwei Jahrzehnte zuvor hätte er an der Stelle, wo sich jetzt das schmucke Vier-Sterne-Hotel präsentierte, nur eine vergammelte Kurhausruine angetroffen. Dann hatten wagemutige einheimische Investoren daraus ein Bijou gemacht. Obwohl nicht besonders attraktiv gelegen, wies das Hotel jetzt Jahr für Jahr sensationelle Belegungszahlen von gegen hundert Prozent auf und war zum grössten Arbeitgeber der Region geworden.

All das hatte der junge Journalist aus Zürich leicht gelangweilt dem Hotelprospekt entnommen, als er aufhorchte und bewusst dem Gespräch am Nebentisch lauschte, in dem offenkundig von Appi die Rede war. Er bestellte noch einen Drink und fragte dabei den Barmann flüsternd, ob dieser den Wortführer des Trüppchens kenne. Natürlich, lautete die Antwort, es handle sich um einen einheimischen Stammgast, nämlich den stillstehenden Hauptmann des Bezirks Schwende.

So weit hatte sich der heimliche Lauscher schon in die Materie eingearbeitet, dass er wusste, «stillstehender Hauptmann» würde anderswo etwa «stellvertretender Bürgermeister»

bedeuten, wobei bei einem Bezirk mit gerade mal rund zweitausend Einwohnern auch das leicht übertrieben geklungen
hätte. Eindrucksvoller war die geografische Ausdehnung dieses grössten Bezirks des Kantons Appenzell Innerrhoden. Er
umfasste nämlich den grössten Teil des eigentlichen Alpsteins,
was bedeutete, dass auch der Fundort der Gletscherleiche da-
zugehörte.

Der stillstehende Hauptmann hatte schon gut getankt
und goss fleissig nach, sodass seine Stimme bereits klang, als
hätte er ein paar Kieselsteine im Mund. Zusammen mit dem
Hardcore-Appenzellisch, das er sprach, machte es das für den
auswärtigen Zuhörer schwierig, alles zu verstehen. Dennoch
war er in der Lage, das Wesentliche mitzukriegen.

Offenbar gab es einen Konflikt zwischen dem Bezirk
Schwende und dem Kantonshauptort, also dem Dorf Appenzell. Es gehe doch nicht an, schimpfte der Bezirkspolitiker, dass
man in Appenzell ganz selbstverständlich davon ausgehe, das
geplante Appi-Museum auf eigenem Territorium zu bauen
und damit das ganze schöne Geld selbst abzusahnen. Viel besser wäre es doch, diesen Touristenmagneten dort zu errichten,
wo das Mädchen, wie er Appi nannte, gefunden worden war,
also im eigenen Bezirk.

Spätestens seit Ötzi, wurde er jetzt noch lauter, wisse man
doch, wie entscheidend der Fundort für die spätere Verwer-
tung sei. Weil Ötzi praktisch auf der Grenze zwischen Österreich und dem italienischen Südtirol gefunden worden war,
hatte es einen Streit darüber gegeben, wer ihn schliesslich
behalten durfte. Zum Schluss hatten ein paar Meter darüber
entschieden, wer Ötzi ein Mausoleum errichten und damit
kassieren durfte. Bei Appi dagegen sei es völlig klar, dass sie auf
dem Gebiet des Bezirks Schwende gefunden worden war und
deshalb auch weiterhin dahingehöre.

Dann wurde die Stimme des stillstehenden Bezirkshaupt-
manns wieder leiser, und in beinahe verschwörerischem Ton
teilte er seinen Begleitern mit, die Sache sei auf gutem Wege.

Bereits eine Woche nach der Bekanntgabe des Leichenfunds sei nämlich bei den Bezirksbehörden eine hochrangige Wirtschaftsdelegation aus China vorstellig geworden, und diese Chinesen würden ja nun wirklich im ganz grossen Massstab denken.

Und schnell seien sie. Sie hätten ihre Pläne nicht nur beschrieben, sondern bereits dreidimensionale Modelle auf ihren Laptops mitgebracht. Was doch beweise, dass diese Chinesen ernsthaft investieren wollten, und zwar nicht nur für ein popeliges Museum, sondern im grossen Stil, Hunderte von Millionen, wenn nicht mehr.

Viel dürfe er ja nicht verraten, er könne nur sagen, die geniale Idee bestünde darin, Appi wieder zum Blau Schnee zurückzubringen und sie dort in einem Eispalast zu zeigen, hollywoodmässig natürlich und alles erschlossen mit einer wetter- und wintersicheren Bahn von Wasserauen über den Seealpsee hinauf zum Gletscher. Wozu natürlich auch ein gehobenes Ferienresort rund um den Seealpsee gehöre.

Mit solchen Investoren im Rücken, fügte er noch hinzu, würde es leicht sein, die Konkurrenz aus dem Hauptort auszustechen, doch dann merkte er, dass er wohl doch schon zu viel erzählt hatte, und wandte sich anderen Themen zu.

Nötzli rief mich gleich am nächsten Morgen an, um mir mitzuteilen, was sein Assistent am Vorabend gehört hatte. Er gäbe mir diese Information als Belohnung für unseren Tipp vorderhand exklusiv, ich könne damit machen, was ich wolle, aber selbstverständlich würden sie selbst weiterrecherchieren.

Adelina war über Nacht geblieben, sodass wir gemeinsam der Frage nachgehen konnten, ob dieses Gerücht etwas mit der Entführung zu tun haben konnte. Wie üblich suchte sie im Netz, während ich meine grauen Hirnzellen nach relevantem Wissen absuchte, und aus dieser Kombination ergab sich ein interessantes Bild.

Fest stand, dass asiatisches Kapital seit geraumer Zeit mit Macht in den europäischen Tourismus drängte. Und fest stand auch, dass es für unbedarfte Europäer schwierig war, zwischen potenziellen Investoren mit offiziellem Staatsfondshintergrund und zweifelhaften mafiösen Organisationen zu unterscheiden.

Die Idee, von Wasserauen aus eine Bahn in Richtung Säntis zu führen, war weniger verrückt, als sie zunächst klang. Ich erinnerte mich vage daran, dass es schon mal entsprechende Pläne gegeben hatte, und nach einigem Suchen und Blättern fand ich im Buch «Der Alpstein» diese Passage:

«Der Innerrhoder Landammann *Carl Justin Sonderegger* (1842–1906) und Ingenieur *Johann Ulrich Deutsch* (1849–1928) erhielten im Juni 1887 eine Konzession des Bundes für eine Adhäsionsbahn von Appenzell nach Wasserauen mit anschliessendem Zahnradbetrieb über Seealpsee-Meglisalp-Wagenlücke zum Säntis. Dort sollte eine Drehscheibe installiert werden, damit die Dampfmaschinen gewendet werden konnten. Die beiden Konzessionäre waren überzeugt, dass als Folge des Bahnbaus im Gebiet Seealpsee und auf der Meglisalp Hotels und ganze Kurorte entstehen könnten, ähnlich wie in Davos. Zudem glaubten sie an weitere Rendite durch den Abtransport von Kalkstein, im Winter durch die Ausbeutung des Eises vom Seealpsee. Das erste Teilstück Appenzell-Wasserauen wurde zwar 1912 eröffnet, doch finanzielle Probleme verhinderten schliesslich eine Weiterführung. Dass man sehr lange an die Realisierung dieses Projektes glaubte, zeigt die während Jahrzehnten zuerst vom Säntisbahnkomitee, dann ab 1909 von der Säntisbahn AG und verschiedenen privaten Projektverfassern geführte Diskussion um zahlreiche Varianten und Untervarianten mit Adhäsions- und Zahnradstrecken sowie mit Seilbahnabschnitten. Die Konzession erlosch am 20. Dezember 1930 mit dem Beschluss der Säntisbahn AG zum Verzicht eines Weiterausbaus und der Veräusserung des Projektes an Dr. Carl Meyer, den nachmaligen Initianten der Luftseilbahn Schwägalp-Säntis.»

Auch die Idee, weit oben am Seealpsee oder gar auf der Meglisalp Hotels und Kurorte zu errichten, war also nicht neu. Wenn man statt Eis aus dem See eine veritable und erst noch wunderschöne Gletscherleiche als Attraktion anbieten konnte, gab es unter Umständen wirklich kommerzielle Chancen für ein solches Projekt.

Ganz abseitig waren die angeblichen Pläne der Chinesen also nicht. Allerdings war auch klar, dass sie heute alle einschlägigen Vorschriften und Regelungen verletzen würden. Die amtlichen Genehmigungen dafür zu erhalten, musste ziemlich aussichtslos erscheinen. Es sei denn, es hätte bereits einen ähnlichen Fall gegeben.

Und den gab es in der Schweiz, wenn auch nicht im Appenzellerland. Im Dorf Andermatt, an der alten Gotthardstrecke gelegen, hatte nämlich ein ägyptischer Grossinvestor ähnliche Pläne realisieren können. Oder jedenfalls starten, denn der Absatz der Ferienappartements der gehobenen Preisklasse verlief schleppend, doch die nötigen Genehmigungen für den Bau eines ganzen neuen Dorfes waren sowohl von den kantonalen wie auch den eidgenössischen Behörden im Sinne einer Ausnahmeregelung erteilt worden. Andermatt und der Investor hatten erfolgreich auf die Tränendrüse gedrückt, denn dem Örtchen drohte sonst der wirtschaftliche Ruin. Kaum noch jemand fuhr über den alten Gotthardpass, und auch die Armee als einst wichtigster Arbeitgeber war abgezogen.

Es war also nicht ganz undenkbar, dass auch der Bezirk Schwende mit einer ähnlichen Strategie erfolgreich sein könnte. Aber eben auch nicht mehr. Was bei Adelina und mir heftige Spekulationen auslöste. Könnte es nicht sein, dass die Chinesen mit der Entführung von Appi Druck auf die zuständigen Behörden ausübten, um an ihre Genehmigungen zu kommen? War diesen Chinesen nicht alles zuzutrauen? Und was wäre, wenn die Investoren tatsächlich nicht einen Staatsfonds vertraten, sondern so etwas wie die Chinesenmafia?

Wir befanden, es gäbe Gründe genug, um den Krisenstab zu informieren. Ich rief also Karl an und holte mir von ihm das Versprechen, mich laufend über die neuen Ermittlungsergebnisse zu informieren. Die zunächst nicht viel zur Klärung beitrugen.

Der von der Polizei sofort offiziell befragte stillstehende Hauptmann hatte sich nämlich auf sein Amtsgeheimnis berufen und sich geweigert, irgendwelche Auskünfte zu geben, und wenn ein Appenzeller mal beschlossen hat, bockig zu sein, dann bleibt er das auch eine ganze Weile, sodass aus dieser Quelle sicher nichts herauszuholen war. Das wusste Karl glaubhaft zu berichten, denn er war zu dieser Einvernahme als externer Zeuge beigezogen worden.

Nach dem Gespräch allerdings hatte ihn die Bezirksschreiberin, die im Vorzimmer des Hauptmanns sass, kurz beiseitegezogen und ihn flüsternd gebeten, sie in einer halben Stunde auf dem Parkplatz der Ebenalpbahn zu treffen. Dort hatte sie sich als Susanne Eberle vorgestellt und Karl einen USB-Stick überreicht. Sie sei, erklärte sie dazu, beim Treffen mit den Chinesen, das tatsächlich stattgefunden habe, dabei gewesen, und die dabei präsentierten Pläne hätten ihr als glühender Schützerin von Natur und Tradition einen gewaltigen Schrecken eingejagt.

Und weil sie davon ausging, dass es einer grossen Mehrheit der einheimischen Bevölkerung auch so gehen würde, wenn sie die Pläne zu Gesicht bekamen, hatte sie beschlossen, sich diese Pläne zu beschaffen. Während und nach dem an die Besprechung anschliessenden Essen hatte sie nicht mit ihren weiblichen Reizen gegeizt und konnte so den Chinesen vom Appenzeller Alpenbitter, der diesen erstaunlich gut schmeckte, so reichlich nachschenken, dass die ganze Delegation schliesslich mehr als müde zum Taxi wankte, das sie zu ihrem Hotel bringen sollte.

Ihre Laptops hatten die Chinesen in ihrer Trunkenheit völlig vergessen, sodass Frau Eberle sie ihnen nachtragen musste – nicht ohne vorher noch eine Kopie der Pläne auf einen Stick heruntergeladen zu haben. Karl schickte mir eine weitere Kopie, sodass ich die Pläne in Ruhe zu Hause zusammen mit Adelina anschauen konnte.

Die wirtschaftlichen Projektionen waren eindrücklich. Man berief sich dabei auf das Ötzi-Museum, das immerhin eine Viertelmillion Besucher pro Jahr anzog. Zwar war die Appenzeller Gletscherleiche weniger alt, aber dafür attraktiver, sodass man davon ausgehen konnte, ähnliche Zahlen zu erreichen.

Noch eindrücklicher allerdings waren die virtuellen Fahrten durch die geplanten neuen Anlagen. Von Wasserauen aus führte zunächst eine Zahnradbahn, durch viele Galerien winterfest gemacht, steil hinauf zum Seealpsee. Dort war bereits das geplante Feriendorf sichtbar, eine hübsche Anlage mit dezenten Hotels, Ferienhäusern und Shoppingcentern, alles eingebettet in eine wunderbare Landschaft mit grandioser Aussicht auf die umliegenden Berge.

Die anschliessende Bahn hinauf zum Blau Schnee wurde vollständig unterirdisch in einem Tunnel geführt. Der Ausgang der Bergstation führte in eine riesige verglaste Halle, deren anderes Ende vom Gletscher selbst gebildet wurde. Ausdrücklich wurde auf die mit Solarenergie gespeiste Kühlanlage hingewiesen, die dafür sorgte, dass der Gletscher auch in heissen Sommern nicht abschmolz.

Der Gletscherrand präsentierte sich wieder genau so, wie ich ihn vorgefunden hatte. Appi lag wieder in ihrem Eissarg, allerdings jetzt so raffiniert ausgeleuchtet, wie ich es selbst beim Glücksfall der Sonneneinstrahlung, die zu meinem berühmten Bild führte, nicht gesehen hatte. Dieses Bild war aber offensichtlich das Rohmaterial für die künstliche Bildgestaltung im Modell gewesen, denn Appi lag so unergründlich schön da wie in meiner Erinnerung, die sich unauslöschlich in mein Gedächtnis gegraben hatte.

Selbst die ins Modell hineinplatzierten Besucherströme wirkten realistisch. Einzelne Gesichter waren im Detail ausgeführt, und auf allen sah man denselben Ausdruck andächtigen Staunens. Was ganz zum Schluss der Präsentation als weiteres schlagkräftiges Argument für die Gewinnträchtigkeit des Projekts bezeichnet wurde. Das wiederum stimmte Adelina und mich denn doch etwas nachdenklich. Würden die Bilder, die Frau Eberle geklaut hatte, wirklich den von ihr erhofften abschreckenden Effekt haben? Oder würden sie nicht eher Dollarzeichen in die Augen der Einheimischen und der zuständigen Behörden zaubern? Schliesslich hatten gerade die Innerrhoder immer wieder gezeigt, dass sie nicht nur mit ihren braunen Kühen umgehen können, sondern auch mit dem Goldenen Kalb, wenn sich eine Gelegenheit bietet, die bauernschlau nutzbar gemacht werden kann.

Fast schon tröstete uns der Gedanke daran, dass das eigentliche Objekt der Begierde ja derzeit ohnehin nicht zur Verfügung stand. Ein leerer Sarg, und sei er noch so attraktiv präsentiert, würde mit Sicherheit keinen Profit abwerfen. Womit die ganzen schönen Pläne ohnehin gestorben wären. Es sei denn, die Chinesen hätten Appi wirklich selbst entführt.

Susanne Eberle hatte, vielleicht weil sie selbst Mitglied einer Behörde war, den offiziellen Stellen nicht ganz getraut und eine Kopie der Chinesendaten auch den Medien zugestellt, welche den Ball natürlich dankbar aufnahmen. Endlich gab es mal wieder eine heisse Spur, und mit den Chinesen hatte man einen idealen Buhmann. Zwei, drei Tage lang schwirrten die wildesten Gerüchte durch die Gegend.

Dann folgte eine offizielle Verlautbarung der chinesischen Botschaft in Bern. Man sei zutiefst empört über die Unterstellung, dass chinesische Bürger oder gar Amtsstellen etwas mit der ruchlosen Entführung eines wertvollen historischen Zeugnisses zu tun haben könnten. Einen so infamen Angriff auf die nationale Ehre aus einer Gegend, der man doch nur wirtschaftlich auf die Beine habe helfen wollen, sei nicht zu tolerieren, weshalb alle allfällig bestehenden Investitionspläne sofort gestoppt würden. Die Reaktionen auf diesen Entscheid reichten von tiefer Erleichterung bis zu ebenso tiefem Bedauern. Klar war nur, dass sich damit auch die Spur in Richtung Chinesenmafia ins Leere verlaufen hatte.

★★★

Noch einmal zwei Tage später kam dann die erlösende Mitteilung, die Polizei habe die Entführer gefasst. Der eine hatte den dümmsten denkbaren Fehler gemacht, den Entführer aber offenbar gerne begehen: Er hatte mit zu viel Geld um sich geschmissen und dabei erst noch prahlerische Hinweise auf dessen Herkunft von sich gegeben. Und da er auch sonst nicht zu den Hellsten gehörte, war es der Polizei mit einer Mischung aus Schlauheit und Druck gelungen, ihm den Namen des Haupttäters zu entlocken.

Dieser war bei seiner Verhaftung ausgesprochen wütend. Und zwar auf sich selbst. Dabei war alles so gut angelaufen. Er, der bekannte Meisterdieb, der so manches elektronische Sicherheitssystem geknackt hatte, war in letzter Zeit nicht mehr so ausgelastet gewesen, weil solche Einbrüche immer schwieriger wurden, und deshalb froh gewesen, als vor ein paar Wochen ein neuer Auftrag einging.

Und zwar ein aussichtsreicher, hatte man ihm doch versprochen, alle relevanten Informationen zum Sicherheitssystem des Einbruchsobjekts zu liefern. Damit würde der Bruch zu einem Kinderspiel werden, und zwar zu einem einträglichen. Fünfzigtausend waren, wie er bald feststellen konnte, bereits auf ein neu für ihn eingerichtetes Konto weitab jeder Fahndungsmöglichkeiten überwiesen worden, eine halbe Million sollte im Erfolgsfall folgen.

Dumm war nur gewesen, dass er das Ding unmöglich allein drehen konnte, er brauchte, mindestens zum Tragen der zu stehlenden Leiche, einen Helfer. Die Zeit hatte gedrängt, und so kam es, dass er seinen Komplizen weniger sorgfältig auswählte als sonst, und dabei hatte er offensichtlich einen Fehlgriff getan.

Dabei wäre das Flugticket erster Klasse in die Karibik und damit in die Nähe seines neuen Kontos, das in digitaler Form als Teil des Erfolgshonorars ebenfalls bei ihm eingetroffen war, am nächsten Tag fällig geworden. Er hätte es selbst auch so gemacht; erst mal etwas Gras über die Sache wachsen lassen und erst dann abhauen, war offenbar die Überlegung seiner Auftraggeber gewesen.

Pech war auch, dass er sich keine Strafmilderung wegen nützlicher Hinweise auf die Auftraggeber erhoffen konnte. Er hatte schlicht keine. Die ganze Kommunikation war über Mails gelaufen, die sich nach ein paar Minuten selbst zerstörten, ohne Spuren zu hinterlassen. Und den zum Abtransport verwendeten Leichenwagen mit Kühlmöglichkeiten hatte er am angegebenen Ort unverschlossen und mit steckendem Zündschlüssel vorgefunden.

Den Wagen mit Inhalt sollte er allein auf einem einsamen Parkplatz mitten in der Pampa abstellen und sich dann, notgedrungen zu Fuss, schleichen. Er hatte zwar noch eine dunkle Gestalt mit tief in die Stirn gezogener Mütze zum Auto huschen und dieses dann davonfahren gesehen, doch an eine Verfolgung war nicht zu denken gewesen.

Auch die Polizei fand keinerlei Hinweise auf den oder die Auftraggeber. Und Appi und ihr Appenzeller Käse blieben weiterhin verschwunden.

Käsebahnhof

Die Medien hatten natürlich prominent über die Festnahme der Entführer berichtet, ebenso über die Erkenntnis, dass es bisher unbekannt gebliebene Hintermänner geben müsse, und über die Tatsache, dass es weiterhin keine Spur von Appi gab. Bald trudelten die ersten Leserbriefe ein, die befürchteten, die Strafe für die Entführer könnte zu mild ausfallen. Menschenraub lag ja nicht vor, höchstens schwerer Diebstahl, allenfalls erschwert durch den Strafbestand der Störung der Totenruhe. Doch auch in den Leserbriefspalten und Netzforen dominierte nach wie vor die Sorge um das Schicksal von Appi.

Weitere Einzelheiten hatte die Öffentlichkeit nicht erfahren, ich hingegen schon. Karl rief mich nämlich an, um mich über die kaum vorhandenen Kontakte zwischen den Entführern und den Auftraggebern zu informieren. Nach diesem Gespräch lud ich meine neuen E-Mails runter, die ich nach wie vor lieber selbst im Paket abrufe, als sie mir vom System automatisch einzeln schicken zu lassen. Ein erster Blick auf die eingegangenen Mails zeigte nichts Besonderes.

Bis auf ein Mail ohne Betreff. Als Absender war ein Allerweltsname genannt, der eines der vielen Gratiskonten benutzte. Wohl weil ich sonst gerade nichts zu tun hatte, öffnete ich es dennoch. Es enthielt einen einzigen Satz:

Wer ihn gefunden hat, soll ihn erneut finden.

Ich starrte noch auf den rätselhaften Satz, als das ganze Mail plötzlich vom Bildschirm verschwand. Auch im Papierkorb war es nicht zu finden, und als ich mich beim Server einloggte, um die dortige Version meiner Mails zu sehen, gab es ebenfalls nicht den geringsten Hinweis. Was mich natürlich sehr an die Arbeitsweise der Entführungshintermänner erinnerte.

Ich rief Adelina an, die in ihrer Stadtwohnung beim Arbeiten war. Es sei jedoch nichts Dringendes, versicherte sie mir, sie käme selbstverständlich zu mir herauf und würde das nächste Postauto nehmen. In spätestens einer Stunde sei sie da.

Um die Wartezeit zu überbrücken, beantwortete ich die dringendsten Mails. Ich war in letzter Zeit kaum zum ernsthaften Arbeiten an meinen Schreibprojekten gekommen, was ich verschmerzen konnte, weil die Sortenorganisation Appenzeller Käse für meine Dienste als Verbindungsmann zwischen ihnen und dem Entführungskrisenstab ein gutes Honorar zahlte. So gesehen musste ich eigentlich darauf hoffen, Appi würde noch eine ganze Weile nicht gefunden, doch insgeheim musste ich mir eingestehen, dass die Vorfreude auf ein hoffentlich baldiges Wiedersehen mit «meiner» Gletscherleiche stärker war.

Immer wieder hatte ich meine Mails abgerufen, doch es war kein neues derselben Art dabei, und auch die schliesslich eingetroffene Adelina, die sich im Innenleben meines Macs längst weitaus besser auskannte als ich, fand keine Spur von dem Mail, das sich selbst in Luft aufgelöst hatte.

Dann ging alles sehr schnell. Ungefähr im Abstand von zehn Minuten trafen fünf weitere Mails ein, blieben so lange sichtbar, wie nötig war, um sich die darin enthaltenen kurzen Sätze zu merken und sie aufzuschreiben, dann verschwanden die Mails wieder im Nichts. Die fünf Sätze, die wir schliesslich auf ein Notizblatt geschrieben hatten, lauteten:

Wer hat bloss den Käse zum Bahnhof gerollt?
Suchet nicht bei den Christen, sondern …
Vollmondig rundet sich der Kühe Frucht.
Wenn die Stunde des Wolfs anbricht, sei bereit!
Es gelten die üblichen AGB.

Adelina und ich stimmten darin überein, dass der Absender wohl in Rätseln sprach, jedoch nicht in besonders schwer zu knackenden. Er musste also wohl ein Anliegen haben, das er nicht dadurch gefährden wollte, dass er die Intelligenz des Empfängers überschätzte. Das wiederum deutete darauf hin, dass er meine Intelligenz nicht kannte und vermutlich schon gar nicht wusste, dass sie durch jene von Adelina mehr als verdoppelt wurde.

Die erste Botschaft hatte mich als allgemein bekannten Finder von Appi angesprochen, doch ging es offenbar nicht um sie, sondern um ihn, den Käse oder den Käselaib, der ja dann in der zweiten Botschaft prompt angesprochen wurde. Wenn unsere Vermutung zutraf, sollte ich also den entführten Käse wiederfinden.

Auch der künftige Fundort war in der zweiten Botschaft beschrieben, es musste sich also um einen Bahnhof handeln. Und in diesem zweiten Satz hatte der Absender – ob bewusst oder nicht – einen Hinweis auf sich selbst versteckt, was mir klar wurde, als Adelina fragte, was es denn mit diesem seltsamen Satz auf sich habe. Das wusste ich zufällig. Als ich, schon als Teenager, den ersten Plattenspieler in unsere Familie eingebracht hatte, wünschte sich meine Mutter eine Schallplatte mit jenen frechen deutschen Schlagern aus den zwanziger Jahren, die sie als junges Mädchen gehört und die sich entsprechend in ihr Gedächtnis eingegraben hatten. Und zu diesen Liedern gehörte eben auch eines, das die Frage stellte, wer den Käse zum Bahnhof gerollt habe. Dass jemand aus der Generation von Adelina diesen Songtitel oder gar den Song selbst kannte, war ziemlich unwahrscheinlich, was darauf hindeutete, dass der Absender schon ein paar Jährchen mehr auf dem Buckel haben musste.

Wo der fragliche Bahnhof liegen sollte, war auch klar: Das Gegenteil von Christen sind Heiden, und so heisst mein Nachbardorf, in dem tatsächlich die Bergstation einer kleinen Zahnradbahn liegt, die hinunter zum Bodensee führt, und dieses winzige Ding heisst tatsächlich offiziell Bahnhof.

Es blieb der Zeitpunkt der Übergabe. Und auch hier waren die Botschaften klar. Der Hinweis auf die Formähnlichkeit eines Käselaibs mit dem Vollmond sagte überdeutlich, dass sie in einer Vollmondnacht stattfinden sollte. Vermutlich nicht in irgendeiner, sondern in der nächsten. Die «zufälligerweise» die heutige Nacht war, wie uns ein Blick in den Mondkalender lehrte.

Auch das Zitat «Die Stunde des Wolfs» konnte ein Hinweis auf einen schon älteren Absender sein. Wie ich dank meiner cineastischen Vergangenheit wusste, handelt es sich dabei nämlich um den Titel eines bekannten und ziemlich düsteren Films von Ingmar Bergman. Der Film, von dem ich mich nicht mehr an viel mehr erinnerte als den Titel, war noch in Schwarz-Weiss gedreht worden, was alles über sein Alter sagt.

Im Netz, das wir für die Entschlüsselung dieser Botschaft doch nutzen mussten, gab es, neben vielen Hinweisen auf den erwähnten Film, zwei Versionen der Bedeutung dieser Zeitangabe. Die eine umfasste den Zeitraum zwischen Mitternacht und Morgengrauen, die andere schränkte ihn ein auf die Spanne zwischen drei und fünf Uhr morgens.

Die Übergabe war also um Mitternacht oder um drei Uhr in der Früh denkbar. Die zweite Variante erschien uns wesentlich plausibler, war doch die Chance, ungebetene Zeugen anzutreffen, selbst im verschlafenen Heiden um Mitternacht wesentlich grösser als drei Stunden später.

Der letzte Satz brachte uns zum Schmunzeln. Mit den üblichen Allgemeinen Geschäftsbedingungen konnten nur jene Sätze gemeint sein, die in jedem anständigen Fernsehkrimi von den Entführern genannt werden: «Kommen Sie allein!» und «Keine Polizei!».

Wir beschlossen, uns zumindest vorläufig an diese Regeln zu halten. Wenn die Entführer wirklich ernsthaft vorhatten, den Käse zurückzugeben, vermutlich um zu beweisen, dass sie tatsächlich im Besitz von Appi waren, machte es keinen Sinn, das scheue Reh mit vorschnellem Aktivismus zu verscheuchen. Und sollte es sich doch um einen Scherz handeln, was nach wie vor nicht auszuschliessen war, konnte ich mir eine ausgewachsene Blamage ersparen.

Angst, meinerseits entführt zu werden, hatte ich nicht. Falls jemals jemand so etwas vorhaben sollte, konnte er das nämlich oben in meinem einsamen Häuschen sehr viel leichter und mit wesentlich weniger Risiko machen. Ich würde mich also diese Nacht um drei Uhr allein am Bahnhof Heiden einfinden und der Dinge harren, die da kommen sollten. Weil die Vollmondnacht klar und nicht allzu kalt war, würde ich kurz nach zwei zu Fuss aufbrechen. Ich überlegte noch, ob ich für den allfälligen Transport des Käselaibs meinen grossen Bergrucksack aus dem Keller holen sollte, den ich jahrelang nicht mehr benutzt hatte, entschied mich dann jedoch dagegen. Falls ich den Käse tatsächlich finden sollte, wäre er hoffentlich schon angemessen verpackt.

Weil es mir im Wald trotz Vollmonds zu dunkel war, verzichtete ich darauf, einen der möglichen Wanderwege nach Heiden zu benutzen, und wählte stattdessen den Radstreifen der Hauptstrasse. Heiden war, wie nicht anders zu erwarten, menschenleer. Ein bisschen mulmig wurde mir denn doch zumute, als ich mich dem Bahnhof näherte. Doch auch dort war weit und breit keine Menschenseele zu sehen, nur ein streunender Kater erschreckte mich kurz mit seinem Begrüssungsmiau.

Ich brauchte nur einmal um das Bahnhofsgebäude herumzugehen, um die grosse helle Kühlbox zu entdecken, die praktischerweise auch mit Traggriffen ausgerüstet war. Ich scannte noch einmal die Umgebung, ohne Ergebnisse, und öffnete dann die Kühlbox, um einen kurzen Blick hineinzuwerfen: unverkennbar ein Käselaib. Dann griff ich mir die Box, ging die paar Schritte zum Postplatz hinauf und rief von dort den Taxifahrer an, der in Heiden und Umgebung für Nachtfahrten zuständig ist.

Etwas erstaunt war er schon, mich mitten in der Nacht abholen zu müssen, bisher kannte er mich nur von Fahrten, die ich mir gelegentlich gönnte, wenn ich mit einem späten Postautokurs nur noch nach Heiden gelangen konnte oder schwereres Gepäck dabeihatte. Ich erklärte ihm daraufhin, ich sei bei einem Bekannten in Heiden versumpft und hätte noch ein paar Schritte an der frischen Luft gebraucht, weshalb ich schon mal zum Postplatz vorgegangen sei.

Adelina, die ich schon telefonisch über den erfolgreichen

Fund informiert hatte, wartete unten am Platz, bis zu dem Autos fahren können, und begleitete mich dann die letzten Schritte hinauf zu meinem Häuschen. Dort packten wir den Käse aus und konnten jetzt, im vollen Licht, auch sehen, dass von dem nicht ganz kreisrunden Laib ein Stück von etwa drei Grad fehlte. Das musste jenes Stück sein, das die Sortenorganisation Appenzeller Käse bekommen hatte, um es den Testessern vorzusetzen.

Es hätte dieses zusätzlichen Beweises nicht bedurft, um uns beide wissen zu lassen, dass hier tatsächlich der Käse aus dem Gletschereis vor uns lag. Er strahlte eine deutlich spürbare uralte Würde aus, und das Gefühl, dass dieser Laib eine Brücke über die Zeit mit einer Spanne von siebenhundert Jahren bildete, war mehr als seltsam.

Wir widerstanden der Versuchung, selbst ein winziges Stück zu kosten, und räumten stattdessen meine Kühltruhe leer, um Platz für einen angemessenen Aufenthaltsort des Käses bis zum nächsten Morgen zu schaffen. Mein Speiseplan für die nächsten Tage war dadurch bestimmt, doch das kümmerte mich in diesem Augenblick wenig.

Noch in der Nacht hatte ich per Mail sowohl den Krisenstab als auch die Sortenorganisation Appenzeller Käse über den glücklichen Fund informiert. Nach einer mehr als kurzen Nacht empfingen wir den Abholtrupp. Der Käseexperte nahm eine erste flüchtige Untersuchung vor und kam zum Schluss, die Entführer hätten das Fundstück offenbar sachgerecht gelagert. Er könne, jedenfalls auf den ersten Blick, keine wesentliche Veränderung gegenüber jenem Zeitpunkt feststellen, an dem er den Käse das letzte Mal vor Augen gehabt habe. Dann stapfte der Trupp auch schon wieder den Hügel hinab, und uns blieb nichts anderes, als ihm und dem Käselaib nachzuwinken, der uns für einen magischen Moment so nahe gewesen war.

Diesmal würde er definitiv einbruchsicher verwahrt werden. Darüber sei man ausgesprochen froh, versicherte mir der Chef der Sortenorganisation in seinem Dankesanruf, genau so, wie man glücklich sei, dass dieser einzigartige Zeuge aus der glorreichen Vergangenheit von Appenzeller Käse, der dessen Mythos noch einmal gewaltig verstärken werde, wiederaufgetaucht sei und damit für die geplanten Marketingmassnahmen zur Verfügung stehe.

Allerdings, fügte er nachdenklich hinzu, sei ihm schon auch klar, dass die in Aussicht stehende gloriose Zukunft nicht annähernd so glorios sein werde, wenn der Käse allein und nicht zusammen mit seiner vermutlichen Produzentin ausgestellt werden müsste. Deshalb sei zwar ein Bonus für meine Leistungen bei der Wiederbeschaffung des uralten Käses bereits überwiesen, doch ein noch grösserer sei mir gewiss, wenn ich auch einen namhaften Beitrag zur Rettung von Appi leisten würde.

Das waren zwar rosige Aussichten, doch es hätte dieses Zückerchen nicht gebraucht. Zu sehr war ich mittlerweile in diesen Fall verwickelt, und zu gerne hätte ich meine Gletscherleiche wiedergesehen, als dass ich jetzt aufgegeben hätte. Immerhin war jetzt klar, dass jemand Appi in seinem Gewahrsam hatte, und immerhin war das Vertrauen gewachsen, dass die Leiche sachgemäss aufbewahrt wurde.

Wer dieser Jemand war und wozu er Appi entführt hatte, blieb dagegen im Dunkeln wie eh und je. Doch die Chance, dass wir zumindest eine Antwort auf die zweite Frage bekommen würden, war durch diese erste Kontaktaufnahme beträchtlich gestiegen.

Die zweite erfolgte nur wenige Tage später. Wieder bekam ich ein Mail ohne Betreff und mit einem Wegwerfabsender. Dieses Mail enthielt keinen Text, sondern ein Bild. Und dieses Bild löste sich nicht in Luft auf, ich konnte es vielmehr kopieren und an den Krisenstab weiterleiten.

Der Hintergrund des Bildes wirkte fremd, doch im Vordergrund war eindeutig und unverkennbar die in einem Kühlsarg mit Glasabdeckung liegende Appi zu erkennen.

Unten

Er war mit sich und dem Lauf der Dinge sehr zufrieden. Dabei war ihm durchaus klar, dass er nicht behaupten konnte, es sei alles nach Plan gelaufen. Schliesslich konnte kein Mensch ein Ereignis wie den Fund der Gletscherleiche Appi vorhersehen und darauf einen Plan aufbauen. Aber er hatte eine Strategie entwickelt, in der solche unvorhersehbaren Ereignisse Platz hatten, und war deshalb in der Lage, blitzschnell das Potenzial zu erkennen, das in der Entführung von Appi steckte.

Diese Fähigkeit, geduldig warten zu können und Potenziale dann aber raschestens zu erkennen und zu nutzen, hatte er von seinem Vater geerbt und im Laufe eines langen Lebens zur Meisterschaft entwickelt. Ihr verdankte er zu wesentlichen Teilen seinen geschäftlichen Erfolg, der es ihm ermöglichte, seine heutigen Aktivitäten gleichsam aus der Portokasse zu finanzieren.

Gut, das Honorar für die Gauner, welche die eigentliche Entführung durchgeführt hatten, war erklecklich gewesen, und auch die Anlage, welche eine sachgemässe Kühlung von Appi ermöglichte, war ins Geld gegangen. Doch kein einziger Franken davon reute ihn, der in der Zeit seiner aktiven Geschäftstätigkeit für extreme Sparsamkeit mehr berüchtigt als berühmt gewesen war. Der Aufwand hatte sich mehr als gelohnt.

Vor ihm lag in ihrem Schneewittchen-Sarg Appi in ihrer vollen Schönheit, die ihn immer mehr in ihren Bann zog. Irgendwo ausserhalb dieses unterirdischen Raums brummte leise die Kühlanlage, die dafür sorgte, dass diese Schönheit erhalten blieb. Er war an das Geräusch von Maschinen gewöhnt und hörte deshalb nur von Zeit zu Zeit prüfend hin, um sich zu vergewissern, dass alles perfekt funktionierte.

So perfekt wie bisher die ganze Aktion. Wobei Perfektion für ihn nicht bedeutete, dass alles wie am Schnürchen gemäss einem vorher festgelegten fixen Schema ablief. Ein guter Plan beinhaltete vielmehr immer auch Alternativen, Abzweigungen und Zufälle. So hatte er durchaus die Möglichkeit in Erwägung gezogen, dass die eigentlichen Entführer geschnappt werden könnten. Und war dabei zu dem Schluss gekommen, dass dadurch der Mythos der Hintermänner nur gestärkt werden könnte, weil die Verhaftung der Gauner keinerlei Hinweise auf die Identität der Auftraggeber liefern würde. Und genau so war es ja auch gekommen.

In der auf die Entführung folgenden Phase der Ablenkungsmanöver hatte er natürlich auch Schwein gehabt. Dass sich diese Künstlergruppe zum Trittbrettfahrer aufgeschwungen hatte, war ein ausgesprochener Glücksfall gewesen. Das hätte er selbst nicht besser inszenieren können. Doch auch wenn dieser schwarze Schwan nicht die Bühne betreten hätte, wenn also dieses unerwartete Ereignis nicht eingetreten wäre, hätte dies wenig geändert.

Natürlich hatte er andere Ablenkungsmanöver in der Hinterhand gehabt, so wie jenes mit der Chinesenmafia. Der Tipp nach China, der die Delegation ins Appenzellerland gelockt hatte, war von ihm gekommen, schliesslich hatte er schon früh Geschäfte mit China gemacht und verfügte dort immer noch über ein exzellentes Beziehungsnetz. Damit, dass sich jemand verplappern würde, hatte er rechnen können, und falls nicht, hätten einige gezielt gestreute Gerüchte genügt, um den Vorhang vor den Plänen wegzureissen.

Nur etwas hatte ihn im bisherigen Verlauf der Geschichte irritiert. Als er mit seinem untrüglichen Gefühl dafür, wann eine Phase zu Ende geht und eine neue beginnt, erkannt hatte, dass die Zeit der Ablenkungsmanöver vorbei war, hatte er einen Stich im Herzen gefühlt. Weil das Ende seiner Zeit mit Appi damit unvermeidlich näher rückte.

Er hatte sich einen alten Narren geschimpft, was er mit seinen siebenundsiebzig Jahren ja irgendwie auch war, und sich daran erinnert, dass er sich zeit seines Lebens nie Sentimentalitäten gegönnt hatte, doch leicht gefallen war es ihm nicht, den nächsten Schritt zu tun. Auch jetzt, als er wieder die bleiche Gestalt in ihrem Glasbett betrachtete, hätte ein Beobachter, der ihn nur von früher kannte, gestaunt über seinen Gesichtsausdruck. Nie gekannte Gefühle von Versonnenheit, ja Verklärtheit, spiegelten sich darin.

Er musste sich von diesem Anblick bewusst losreissen. Zur Ablenkung drehte er sich um, um die an den Rück- und Seitenwänden des grossen unterirdischen Raums hängenden Gemälde zu betrachten. Seine Sammlung war so exzellent wie geheim. Für ihn galt seit jeher, das wahre Verhältnis zwischen Künstler und Betrachter sei ein individuelles. Zu Ende gedacht hiess das für ihn, dass es für ein Bild, das zu ihm passte, nur einen Betrachter geben könne, nämlich ihn.

Deshalb hatte er sich beim Umbau der väterlichen Villa, die mitten in einem Rebhang unterhalb des Appenzellerlandes lag, diese unterirdische Galerie bauen lassen. Getarnt und offiziell eingetragen war dieser Raum als simple Luftschutzanlage, wie sie in der Schweiz damals ohnehin selbst für Privathäuser zwingend vorgeschrieben war. Für den Innenausbau hatte er sich Handwerker aus dem nahen Österreich besorgt und sie gut dafür bezahlt, dass sie den Mund hielten. Auf dieses bewährte Muster hatte er auch zurückgegriffen, als es um den Einbau der Kühlanlagen für Appi ging.

Nicht einmal seine nun schon vor über dreissig Jahren verstorbene Gattin hatte gewusst, was sich unter der dicken Betondecke verbarg, er hatte ihr nie den Zutritt gestattet, und sie hatte das als männliche Schrulle akzeptiert. Seine im Lauf der Jahrzehnte gewachsene Sammlung diente ihm im radikalsten Wortsinne zum Privatvergnügen.

Natürlich gab es Gerüchte. Selbst sein so gut organisiertes wie bezahltes Netz von Strohmännern zum Ankauf neuer Gemälde und Skulpturen hielt nicht immer perfekt dicht. Einmal war er gezwungen, einen Hodler im Empfangsraum seiner Firma aufzuhängen, weil er nicht mehr bestreiten konnte, der Käufer zu sein. Doch im Grossen und Ganzen war es ihm gelungen, seine Sammeltätigkeit geheim zu halten. Ja, er galt als grosser Kunstfreund und -förderer, der bewusst darauf verzichtete, eine private Sammlung aufzubauen, und höchstens mal ein Bild, wie ebenjenen Hodler, kaufte, um es in der Schweiz zu behalten.

Seit die Anwesenheit von Appi diesem Raum eine neue Bedeutung und einen neuen Sinn gab, hatte sich die Freude an seinen Kunstwerken spürbar geschmälert. Zu keinem davon hatte er je so eine Beziehung entwickelt, die, ja, er kam nicht umhin, sie so zu nennen, *die so erotisch war. Nicht sexuell natürlich, pervers war er schliesslich nicht, obwohl er einen leisen Anflug von Eifersucht verspürte, wenn er an den Mann dachte, der diese Frau schwängern durfte.*

Vielleicht lag es ja am Alter dieses Kunstwerks der Natur, das da hinter Glas vor ihm lag, einem Alter, das jenes der ältesten Werke seiner Sammlung deutlich übertraf. Seine Faszination, ja geradezu Besessenheit für alles Alte mochte durchaus eine Rolle spielen. Zugleich verkörperte der so erstaunlich gut erhaltene Leib der jungen Frau für ihn auch jene Frische des Lebens, die untrennbar mit der Jugend verbunden ist. Für ihn war Appi, obwohl sie unverkennbar tot war, Ausdruck jenes elementaren Lebens, für das er sich im Laufe seines eigenen Lebenswegs nie besonders interessiert hatte. Seine Welt bestand aus Zahlen und Prinzipien. Bis er Appi zu sich geholt hatte.

Einmal mehr rief er sich zur Ordnung. Unkontrollierbare Gefühle waren das Letzte, war er jetzt brauchen konnte. Die Operation hatte Vorrang. Er hatte genug damit zu tun, sich Schritt für Schritt darauf zu konzentrieren.

Die letzte Phase hatte jedenfalls hervorragend geklappt. Er hatte von Anfang an vorgesehen, nach den Ablenkungsmanövern ein Zeichen dafür zu setzen, dass man es von nun an ernsthaft mit den Entführern von Appi zu tun habe. Mit der freiwilligen Rückgabe des Käselaibs – des Ur-Appenzellers sozusagen – war dies erfolgreich geschehen.

Beim Gedanken daran, wie es ihm gelungen war, zusätzlich zur Hauptbotschaft «Wer den Käse hat, hat auch Appi» eine weitere subtile Botschaft zu übermitteln, musste er schmunzeln. Durch die Wahl des Adressaten für die Käse-Rückgabe hatten die Entführer nämlich demonstriert, dass sie Bescheid über die Gegenseite wussten. Zum Beispiel über die Zugehörigkeit dieses Franz Eugster zum Krisenstab im Entführungsfall Appi.

Zugegeben: Ein bisschen Glück war auch dabei gewesen, dass ausgerechnet der für innere Sicherheit zuständige Regierungsrat des Kantons St. Gallen zu seiner wöchentlichen Jassrunde gehörte. Er hatte sich ja schon vor Jahren weitgehend aus der Öffentlichkeit zurückgezogen, und dank seines Alters sah man es ihm nach, dass er jene Sängerfeste und Vereinsabende heute mied, von denen er früher kaum eines ausgelassen hatte, um seine Volksverbundenheit als Fabrikant und Patron zu demonstrieren. Er lebte seit dem Tod seiner Frau weitgehend allein und isoliert, doch einmal in der Woche traf er sich zum Kartenspiel im «Löwen» mit einigen alten Freunden, die alle wesentlich jünger waren als er. Na ja, zehn oder zwanzig Jahre eben.

Die Jassrunde hatte sich im Lauf der Jahre immer mal wieder verändert. Er war der Letzte, der seit Anfang an dabei war. Einige aus der Runde hatte der Tod dahingerafft, und einen hatte er mal eigenhändig rausgeschmissen. Dieser hatte ihn gehänselt, weil er angeblich so hiess wie der erste Vorsitzende der SPD nach dem Krieg, was angesichts der diametral unterschiedlichen politischen Positionen der beiden Herren doch eher komisch wirke. Erstens, so hatte er entgegnet, schreibe sich jener Herr im Gegensatz zu ihm ohne «h», und zweitens verbiete er sich in einer gemütlichen Jassrunde jeden Hinweis auf Politisches. Hochkarätiger Ersatz für die Ausgeschiedenen war jedenfalls immer sofort zur Verfügung gestanden, zum Beispiel in Form des St. Galler Justizdirektors.

Von diesem Regierungsrat also hatte er erfahren, wer alles zum Krisenstab gehörte. Von jenem Franz Eugster hatte er natürlich als dem Finder von Appi gelesen, doch von dessen Verbindungen zu Appenzeller Käse und von einigem sonst hatte er erst erfahren, als er seine noch immer leistungsfähigen Fühler ausgestreckt hatte, um sich ein Bild von diesem Herrn machen zu können. Er wusste jetzt, dass es sich dabei um einen abgehalfterten früheren Lokaljournalisten handelte, der jetzt mal recht, mal schlecht als Lohnschreiber tätig war und dabei offenbar auch einige Aufträge von der Sortenorganisation Appenzeller Käse übernommen hatte, bei denen es um Appenzeller Geheimnisse ging. Gerüchte, wonach dieser Eugster auch mit der Aufklärung zweier Kriminalfälle zu tun gehabt haben sollte, hielten sich zwar hartnäckig, liessen sich aber nicht bestätigen.

Jedenfalls, so dachte er sich, hatte dieser Eugster ein Faible für Rätsel und Geheimnisse, sonst hätte er sich nicht auf die versteckten Botschaften eingelassen, die ihn schliesslich zum Urahn des Appenzeller Käses geführt hatten. Vielleicht hatte er dabei ja Hilfe gehabt, doch wie dem auch sei, es dürfte sich lohnen, ihn im Auge zu behalten. Zu erkennen, wo ein möglicherweise ebenbürtiger Gegner heranwächst, gehörte zu den Dingen, die er im Laufe seiner geschäftlichen wie seiner militärischen Laufbahn gelernt hatte. Diese Fähigkeit würde ihn auch diesmal nicht im Stich lassen.

Er war gespannt darauf, was dieser Eugster und der ganze Krisenstab wohl mit der Botschaft anfangen würden, die er ihnen bei seinem jüngsten Streich geschickt hatte. Das Symbol, das auf dem Bild von Appi unübersehbar auf ihren gefalteten Händen lag, dürfte für seine Gegner noch einmal zu einer echten Knacknuss werden. Was wiederum für ihn echtes Vergnügen versprach.

Nebelpetarden zu verschiessen, hatte schon in seiner Zeit als Artilleriekommandant zu seinen liebsten Tätigkeiten gehört. Mit Symbolen zu spielen, war auch so eine. Es würde die falsche Spur bestätigen, die er schon lange gelegt hatte. Nämlich die, dass es sich bei den Entführern um eine grosse und mächtige Organisation handeln müsse. Weil nur eine solche über die nötigen Finanzmittel verfügen könne, vor allem aber über die Spezialisten, die es brauchte, um sich alle Informationen zu verschaffen, sich in das System der EMPA zu hacken, die Entführung zu planen und durchzuführen und Appi dann auch noch sachgerecht zu lagern.

Wenn die wüssten! Klar, ganz allein war auch er nicht. Als strategischer Kopf der Operation war er sicher unentbehrlich, doch an die Ausführung derselben wäre ohne seinen treuen Vasallen nicht zu denken gewesen.

Wie aufs Stichwort betrat Heini auf leisen Sohlen den unterirdischen Raum, um pünktlich den Vier-Uhr-Tee zu servieren. Mit geschickten Handbewegungen verrührte er ein Stück Würfelzucker in der Tasse und entfernte sich dann wieder, ohne ein Wort gesagt zu haben.

Er blickte ihm nach und war einmal mehr sowohl dankbar dafür, dass ihm das Schicksal diesen Heini geschickt hatte, als auch stolz darauf, was er aus diesem Geschenk gemacht hatte. Zu verdanken hatte er Heini jener glorreichen Schweizer Armee, die zwar nie in ernsthafte Gefechte verwickelt war, sich aber stets getreulich auf den

Ernstfall vorbereitete. So auch damals in den fünfziger Jahren, als er seine erste Artillerieeinheit kommandierte, in der Heini einfacher Soldat war.

Er war ihm sofort aufgefallen wegen seines ausgesprochenen technischen Geschicks, das sowohl eine messerscharfe Analyse des Problems als auch die Fähigkeit umfasste, dieses theoretisch wie praktisch zu lösen. Kopf und Hand waren bei ihm perfekt ausgebildet, nur mit dem Herzen haperte es. Später hätte man den emotionalen Defekt, unter dem Heini litt, als Autismus bezeichnet, doch damals galt er einfach als Sonderling, der unfähig war, mit anderen Menschen auf der Gefühlsebene Kontakt aufzunehmen.

Ihn hatte das nicht gestört. Er hatte Heini zu seinem persönlichen Adjutanten und später zu seinem Assistenten im Unternehmen gemacht, und Heini dankte ihm das mit dem einzigen Gefühl, das ihm zur Verfügung stand: absolute Loyalität. Diese hatte sich noch verstärkt, als es Heini unmöglich wurde, weiterhin in der Firma zu arbeiten, weil seine sozialen Ängste zu übermächtig geworden waren. Da dieser Zeitpunkt mit dem Tod seiner Frau zusammengefallen war, hatte er Heini zu sich ins Haus geholt, wo er seitdem als Mädchen für so ziemlich alles amtete.

Zu diesem ziemlich allem gehörte natürlich auch die Organisation. Dort hatten Tarnexistenzen schon immer eine wichtige Rolle gespielt. Und die beste Tarnexistenz war es, gar keine offizielle Existenz zu haben. Deswegen hatte er dafür gesorgt, dass sich Heini auf der Gemeinde abmeldete, allerdings ohne sich anderswo anzumelden. Nach der vorgeschriebenen Frist hatte er Heini für verschollen erklären lassen, und seitdem existierte dieser ganz einfach nicht mehr, weder für die Behörden noch für sonst jemanden.

Ausser für ihn natürlich. Heini lebte weiterhin quietschfidel und leistete ihm unentbehrliche Dienste. Nur etwas bleich war er, was daran lag, dass er eine ausgesprochene Abneigung gegen Tageslicht hatte. Tagsüber lebte er in seiner bescheidenen Kammer hinter der unterirdischen Galerie, und wenn er mal rauswollte, was selten genug vorkam, oder wegen eines Auftrags rausmusste, tat er dies nur nachts. Dann nutzte er den Geheimgang, der von den unterirdischen Räumen zu einer gut getarnten und uneinsehbaren Stelle am unteren Rand

des Rebbergs führte. So lief er nie Gefahr, von Nachbarn gesehen zu
werden.

*So könnte es also ewig weitergehen, dachte er, wobei ihm klar war, dass
Ewigkeit auch in diesem Fall ein relativer Begriff war. Deswegen hatte
er in seinem Testament vorgesorgt, dass Heini, der jetzt auch schon im
Pensionsalter wäre, im Falle seines Ablebens irgendwo in Ruhe seinen
Lebensabend verbringen könnte. Kinderlos, wie er war, konnte er über
sein beträchtliches Vermögen, das sich aus dem Verkauf seiner Firma
ergeben hatte, frei verfügen.*

*Noch aber war es nicht so weit, und er und Heini waren noch voll
im Saft. Dieser war noch immer ein ausgesprochener Technik-Freak,
der sich alles aneignete, was es an neuen Entwicklungen gab. Und da
er auf seinen Gebieten nicht nur hochbegabt, sondern auch ehrgeizig
war, war er auch zu einem Computer-Crack geworden, welcher der
ganzen jungen Hacker-Szene zweifellos Respekt abgerungen hätte,
wenn er denn je einmal an einem ihrer Treffen erschienen wäre.*

*Das aber war nicht Heinis Ding. An Ruhm und Ehre lag ihm
gar nichts, viel lieber wirkte er im Verborgenen. Nur seine Anerkennung war ihm wichtig, und davon erhielt er nach seinem erfolgreichen
Einbruch in das Sicherheitssystem des Aufbewahrungsortes von Appi
reichlich, genau so natürlich nach deren Abtransport und nach der
Rückgabe des Käselaibs.*

*Für die nächste Phase der Operation war allerdings weniger Heinis
Hand als vielmehr sein eigener Kopf gefragt. Es wurde Zeit, die Botschaft an das Schweizer Volk vorzubereiten, um die es ihm schliesslich
ging.*

Eichenlaub

Adelina hatte mit ihrer Kurzdiagnose recht gehabt: Das Bild war echt. Die Spezialisten der Polizei waren zum selben Schluss gekommen, wie ich an der Sitzung des Krisenstabs erfuhr, die zwei Tage nach Eintreffen der Bilddatei stattfand. Mittlerweile durfte ich sogar halbwegs offiziell an diesen Sitzungen teilnehmen. Bestätigt wurde auch ein weiterer Befund von Adelinas erster Überprüfung: Die Wände im Hintergrund des Raums, in dem der gläserne Kühlbehälter für Appi stand, waren auf dem Bild verwischt worden. Und zwar mit einer bisher unbekannten, äusserst raffinierten Software, die bisher jedem Versuch, das ursprüngliche Bild wiederherzustellen, widerstanden hatte.

Ich hatte den übrigen Mitgliedern des Krisenstabs nichts von Adelinas Befunden erzählt und musste nun innerlich schmunzeln, als der zuständige Polizeichef von St. Gallen ankündigte, man habe die besten Spezialisten darauf angesetzt, diese Software doch noch zu knacken. Offenbar hätten die Bildermacher ja etwas zu verbergen gehabt, weshalb man hoffe, diesem Geheimnis auf die Spur zu kommen. Das werde aber sicher Tage, wenn nicht Wochen dauern. Genauso hatte Adelina argumentiert. Allerdings hatte sie Hilfe in ihrem Netz von ausgebufften Hackern gesucht, die oft genug am Rande der Legalität operierten, wenn nicht weit jenseits davon. Es würde spannend werden, wer diese knifflige Aufgabe zuerst löste, die Freaks aus Adelinas Netz oder die braven Polizeibeamten.

Diese hatten immerhin auch schon festgestellt, dass das Bild zweifelsfrei zur angegebenen Zeit aufgenommen worden war. Es handelte sich also um eine aktuelle Aufnahme. Dass wir das auf technischem Weg herausfinden würden, konnten die Entführer annehmen. Es wirkte deshalb wie Hohn, dass sie im Bild auch noch die Titelseite des «Blick» vom Tag der Aufnahme eingefügt hatten. Der Krisenstab kannte diese Schlagzeile nur zu gut. Sie lautete: «Ur-Appenzeller-Käse wieder aufgetaucht: Wo ist Appi?»

Wieder hatte jemand nicht dichtgehalten. Es hatte einen nicht ganz einstimmigen Beschluss des Krisenrats gegeben, mit der Information über das Wiederauftauchen des bei Appi gefundenen Käselaibs nicht an die Öffentlichkeit zu gehen. Nachdem der «Blick» die Meldung gebracht hatte, musste man sie bestätigen, ohne allerdings Einzelheiten zu nennen.

Dem zwischenmenschlichen Klima im Krisenstab hatte dieses Informationsleck deutlich geschadet. Ein gegenseitiges Misstrauen lag spürbar in der Luft. Es war die Polizeipsychologin Andrea Langenegger, welche die Situation schliesslich mit dem Hinweis entschärfte, es sei ja sehr wohl auch denkbar, dass die Entführer selbst dem «Blick» die Geschichte gesteckt hätten. Wenn sie mit ihrer Aktion einen Zweck erreichen wollten, der etwas mit Öffentlichkeit zu tun habe, liege das durchaus in der Logik. Sie müssten ja dem Publikum, und nicht nur den Verantwortlichen hinter den Kulissen, gegenüber nachweisen, dass sie tatsächlich im Besitz der Gletscherleiche seien, und genau darum sei es bei der Rückgabe des Ur-Appenzellers ja offenkundig gegangen.

Es entspann sich daraufhin eine lebhafte Diskussion über die Motive und Ziele der Entführer. Eines war schnell klar: Es handelte sich kaum um gewöhnliche kriminelle Erpresser, die einfach möglichst viel Geld herausschlagen wollten. Erstens war bisher nichts aufgetaucht, was auch nur entfernt an eine Lösegeldforderung erinnert hatte. Zweitens verfügten die Entführer offenbar bereits jetzt über beträchtliche Geldmittel und dürften deshalb zusätzliches Erpressungsgeld kaum nötig haben. Nein, sie mussten etwas anderes im Sinn haben, etwas mehr Symbolisches.

Der klarste Hinweis darauf war auf dem Bild unübersehbar: Auf Appis gefalteten Händen lag unverkennbar ein Kranz aus Eichenlaub.

Dass in diesem Eichenlaub der Schlüssel zum Verständnis des Anliegens der Entführer lag, war für alle Anwesenden eine banale Erkenntnis. Weniger banal war die Frage, wofür dieser Schlüssel stand. Ein Weilchen wurde darüber spekuliert. Rasch wurde mir klar, dass es sich bei den durchwegs schon etwas älteren Mitgliedern des Krisenstabs offenkundig nicht um «digital natives» handelte, also um Menschen, die schon selbstverständlich mit dem Internet aufgewachsen sind. Keiner war auf die Idee gekommen, einfach mal danach zu googeln, in welchen Zusammenhängen Eichenlaub so auftaucht.

Adelina dagegen hatte das ganz automatisch kurz nach dem Auftauchen des Bildes getan und mir ihre wichtigsten Funde ausgedruckt. Deshalb war ich jetzt in der Lage, dem Krisenstab einen Überblick über die verschiedenen Bedeutungen von Eichenlaub zu liefern.

Schon der erste Hinweis liess den Erregungspegel der Runde deutlich ansteigen. Gibt man nämlich in Wikipedia den Begriff Eichenlaub ein, muss man sich entscheiden zwischen «Laub der Eiche» und «Eichenlaub (Band)». Wählt man Letzteres, erfährt man: «Eichenlaub war ein rechtsextremes Liedermacher-Duo aus dem Umfeld des Thüringer Heimatschutzes.»

Als ich dann noch vorlas, die Band Eichenlaub habe Kontakt zur rechtsterroristischen Zelle «Nationalsozialistischer Untergrund (NSU)» gehabt, die jahrelang unerkannt eine mörderische Spur durch Deutschland gezogen hatte, schien einigen der Verantwortungsträger die Spur zu heiss. Vor allem Balthasar Engeler, seines Zeichens Polizeidirektor des Kantons St. Gallen und strammes Mitglied der Schweizerischen Volkspartei SVP, wetterte, er habe ja schon immer gesagt, diese Einwanderungswelle aus Deutschland bringe der Schweiz nichts Gutes. Es sei klar, dass damit immer auch dubiose Elemente ins Land geschwemmt würden, Rechtsextreme zum Beispiel.

Es könnte ja sein, verstieg er sich jetzt in immer schwindelerregendere Höhen, dass die Entführer tatsächlich in Deutschland sässen, oder in Österreich, das habe ja bekanntlich auch einen braunen Sumpf. Eher in Deutschland, wo vielleicht jemand sich rächen wolle für die angeblich unfreundliche Behandlung der Deutschen in der Schweiz, wo die sich doch lieber anpassen sollten, als zu jammern. Aber vielleicht wolle da ja eine rechtsextreme Gruppe in verquerer Logik die Ehre der Nation beschützen, die Landsleute im Ausland. Deswegen hätten sie Appi nach Deutschland entführt, was ja wegen der leider sehr lasch gewordenen Grenzkontrollen wohl ein Leichtes gewesen wäre.

Man merkte Engeler an, dass ihm diese «Lösung» die liebste wäre, nämlich die mit der «Ausländer-Schiene». Frau Langenegger, die Polizeipsychologin, die mir immer sympathischer wurde, holte ihn schliesslich mit der trockenen Bemerkung zurück auf den Boden, es dürfte in Deutschland nicht ganz einfach sein, ein druckfrisches Exemplar des «Blick» zu besorgen. Nachdem ich noch ergänzt hatte, die Band Eichenlaub sei 1999 gegründet worden, aber schon 2001 wieder von der Bildfläche verschwunden, fiel die Hypothese, sie könnte etwas mit der Entführung zu tun haben, wie ein Kartenhaus zusammen.

Um Regierungsrat Engeler die Gelegenheit zu geben, sein Gesicht zu wahren, fügte ich ein weiteres Puzzlesteinchen aus meinem Wissensfundus über Eichenlaub hinzu. Die rechtsextreme Band hatte nämlich ihren Namen vermutlich keineswegs zufällig gewählt. In der Nazizeit spielte das Symbol des Eichenlaubs nämlich eine wichtige Rolle. 1940 wurde der schon vorher bekannte Ritterkreuz-Orden um die Komponente Eichenlaub erweitert. Wer für besondere militärische Verdienste mit diesem neuen Orden ausgezeichnet wurde, war jetzt «Träger des Eichenlaubs zum Ritterkreuz des Eisernen Kreuzes». Insgesamt wurden in den Kriegsjahren achthundertdreiundsechzig Eichenlaube an Angehörige der Wehrmacht, Waffen-SS und ausländische Staatsangehörige verliehen.

Es gab also einen Zusammenhang zwischen Eichenlaub und den Nationalsozialisten, auf die sich heutige Rechtsextreme ja

immer noch gerne berufen. Allerdings, fügte ich hinzu, um
weitere Spekulationen in diese Richtung abzublocken, hätten
die Nazis das Symbol des Eichenlaubs keineswegs erfunden
noch exklusiv verwendet. In Deutschland galt die Eiche schon
lange als «deutscher» Baum und zog spätestens mit der Reichs-
gründung 1871 in die Symbolsprache ein. In der deutschen
Bundeswehr, aber auch beim Zoll bilden Eichenlaubkränze
nach wie vor einen wichtigen Bestandteil von Rangabzeichen
und ähnlichen Symbolen.

Pius Sonder, nebenamtlicher Regierungsrat von Appenzell
Innerrhoden, offiziell Landesfähnrich geheissen und zuständig
für Justiz, Polizei und Militär, war ein alerter junger Mann, der
einen Teil seiner Ausbildung in den USA bekommen hatte. Er
wusste zu berichten, dass Eichenlaubkränze auf Offiziershüten
keineswegs eine deutsche Spezialität seien. Vielmehr sei auch
bei hohen amerikanischen Offizieren ein solcher Kranz aus
Eichenlaub um den Hut geschlungen – so wie bei hohen
Schweizer Offizieren, nur dass es sich dort um Lorbeer statt
um Eichenlaub handelt.

Das konnte ich aufgrund der Recherchen von Adelina nur
bestätigen. Eichenlaub war keineswegs eine deutsche Spezialität, sondern hatte in vielen Gegenden und bis zurück in die
Antike immer eine ähnliche Bedeutung gehabt wie Lorbeer-
blätter: ein Symbol für Treue und Macht.

Mein alter Freund Karl Abderhalden, Polizeichef von Appenzell Ausserrhoden, fasste ebenso nüchtern wie klar den bisherigen Erkenntnisstand zusammen. Eichenlaub sei ein Symbol für Treue und Macht, also für eher konservative Werte.
Es gäbe einen Bezug zum Militärischen. Es könne also sein,
dass die Entführer die Ehre der Schweizer Armee verteidigen
wollten. Irritierend sei dabei nur, dass dafür nicht die Symbolsprache der Schweizer Offiziershüte verwendet worden sei,
also Lorbeer, sondern das eher in Deutschland oder den USA
gebräuchliche Eichenlaub.

Bevor ich meinen letzten Trumpf ausspielte, gab ich noch
einen makaber-humoristischen Fund aus dem Internet zum

Besten. Es gab dort nämlich auch die Seite eines Bestattungsunternehmens namens «Pietät Eichenlaub». Da Eichenlaub tatsächlich auch ein nicht ganz seltener deutscher Nachname ist, wirkte das auf den ersten Blick ganz einleuchtend. Erst bei näherem Hinschauen merkte man, dass es sich um eine Persiflage handelte. Der Slogan lautete nämlich «Bei uns liegen Sie richtig!», und vollends klar wurde der Charakter dieser Anzeige in Aussagen wie «Preisgünstige Selbstbestattung ab 1 Euro!» oder «Neunzigfach wiederverwendete Särge».

Ich merkte, dass ich es mit dem Makaberen angesichts dessen, worum es in der Sitzung ging, nämlich um eine Leiche, etwas überzogen hatte, und brachte eine ernsthafte Information ein, die so offensichtlich war, dass alle Mitglieder des Krisenstabs sie bisher übersehen hatten, mich eingeschlossen, denn ich war auch erst durch die Suchergebnisse von Adelina darauf gekommen.

Balthasar Engeler, der sich gerne volkstümlich und traditionsverbunden gab, schlug sich buchstäblich die Hand an die Stirn, als er seinen blinden Fleck realisierte. Natürlich, Eichenlaub war untrennbar mit einer eigentümlichen Schweizer Tradition verbunden, dem Schwingen. Bei diesem anderswo Ringen genannten Kampf mit erweitertem Textilangebot zum Zwecke der besseren Grifffassung beim Gegner, das aus einer Art kurzer Überhose aus reissfestem Stoff besteht, stehen sich im Sägemehlring zwei starke Männer (höchst selten auch mal Frauen) gegenüber und versuchen, den anderen auf den Rücken zu werfen oder zu drücken. Verloren hat, wer auf beiden Schulterblättern Sägemehlspuren hat, die ihm vom Sieger liebevoll abgeklopft werden, zum Zeichen dafür, dass man nach fairem Kampf wieder freundschaftlich miteinander umgeht.

Dieses Schwingen war lange eine Sache der ländlichkonservativen Bevölkerung, doch seit Swissness auch in den Städten hip ist, interessieren sich für die grossen Schwingfeste Menschen aus allen Bevölkerungskreisen. Und obwohl Schwingen auf hohem Niveau heutzutage Spitzensport ist, ist es gelungen, solche Feste als Ausdruck der ländlichen Tradition der Schweiz zu inszenieren.

Ein solches Schwingfest muss man sich als Turnier vorstellen, bei dem der Sieger nicht unbedingt der beste Schwinger sein muss. Bei der Einteilung der Kampfgegner und bei der Benotung gibt es vielmehr gewisse Spielräume für Ermessensentscheide oder gar Mauscheleien. Wie dem auch sei, um jenen, die es zwar bis weit vorn in der Rangliste geschafft haben, nicht jedoch auf das Siegertreppchen, eine Art Trostpreis zu geben, erhalten sie einen Kranz und dürfen sich fortan Kranzschwinger nennen. Die Qualität eines Schwingers bemisst sich also danach, wie viele Kränze er schon gewonnen hat.

Und dieser Kranz besteht aus Eichenlaub. Eichenlaub gehörte also, wie jetzt allen Anwesenden unmittelbar einleuchtete, untrennbar zum Schweizer Nationalsport Schwingen und war damit durch und durch auch schweizerisch.

Viel weiter half uns diese Erkenntnis allerdings auch nicht. Es war zwar jetzt wahrscheinlich, dass das Anliegen der Entführer etwas mit einer rechtskonservativen Sicht der Welt zu tun hatte, doch was sie wirklich wollten, wussten wir noch immer nicht, geschweige denn, wer sie waren.

Eine Weile sprachen wir noch darüber, um welche Art Organisation es sich bei den Entführern wohl handle. Die meisten gingen nach wie vor von der Vorstellung einer grösseren Geheimorganisation aus, weil nur eine solche fähig sei, die erforderlichen kriminellen Tätigkeiten auf höchstem Qualitätsniveau durchzuführen.

Nur Andrea Langenegger wagte es, leise Zweifel an dieser Theorie zu streuen. Von einem Einzeltäter ginge zwar auch sie nicht aus. Es sei einfach zu unwahrscheinlich, dass sich alle für die bisherigen Taten erforderlichen Fähigkeiten und Erfahrungen in einer einzigen Person vereinigten. Wenn aber jemand, der sowohl über den notwendigen strategischen Weitblick als auch über die erforderlichen finanziellen Mittel verfüge, ein kleines verschworenes Trüppchen um sich schare, das computertechnisch und so voll auf der Höhe sei, dann brauche es, wenigstens theoretisch, keine grosse Organisation.

Nachdem dergestalt auch noch die letzten Reste von Klarheit beseitigt waren, beschloss der Krisenstab, dass weitere Spekulationen derzeit wenig Sinn machten. Es blieb nur zu hoffen, dass die Entführer sich bald wieder meldeten. Bis dahin vertagten wir unsere Zusammenkunft, und ein jeder ging seines Weges.

★★★

Adelina hatte an diesem Tag Lust auf Land gehabt und ihn oben in meinem Häuschen verbracht. Als ich bei schon einbrechender Dunkelheit nach Hause kam, brannte im Kamin bereits ein Feuer, das Leib und Seele wärmte, zusammen natürlich mit dem herzlichen Empfang durch Adelina, die sofort bemerkte, dass ich mich in etwas gedrückter Stimmung befand. Tatsächlich war mir auf dem ganzen Weg immer wieder mein erstes Bild von Appi vor meinem inneren Auge erschienen, verbunden mit der inniglichen Bitte, endlich dafür zu sorgen, dass sie aus der Hand ihrer Entführer befreit würde. Und weil das Treffen des Krisenstabs nichts ergeben hatte, was mich der Erfüllung dieser Bitte nähergebracht hätte, fühlte ich mich hilflos.

Adelina verstand das und anerbot sich, das Thema Eichenlaub noch ein Weilchen weiter zu besprechen. Weiter kamen wir dadurch auch nicht. Die Diskussion im Krisenstab hatte das bestätigt, was sie und ich schon davor herausgefunden hatten: Wir kannten jetzt zwar eine ungefähre Richtung, in der zu suchen war, doch das Terrain blieb weiterhin unübersichtlich, und es gab keinerlei Hinweise auf den genauen Zielort.

Um dem aus dieser Erkenntnis entstandenen Frust zu entkommen, weiteten wir unser Gesprächsthema vom Eichenlaub zum ganzen Baum Eiche aus. Adelina gestand, dass Eichen eigentlich immer schon ihre Lieblingsbäume gewesen seien, seit den frühen Kindheitstagen in den polnischen Wäldern.

Sie hätte sich nur nie getraut, mir das zu sagen, weil Eichen da oben auf den Appenzeller Hügeln kaum vorkämen und ich mich dafür womöglich noch verantwortlich gefühlt hätte.

Das war nicht ganz an den Haaren herbeigezogen. Ich fühle mich manchmal, wenn es um das Wohl meiner Lieben geht, für Dinge verantwortlich, für die ich nun wahrhaftig nicht zuständig bin. In diesem Fall allerdings hatte ich mich mit der Erklärung begnügt, für Eichen sei es da oben einfach zu kühl und vermutlich auch zu feucht. Tatsächlich war mir auf meinen ausgedehnten Streifzügen durch meine nähere Umgebung nie ein wirklicher Eichenbaum aufgefallen, sondern höchstens kleinere Eichenbüsche in einer Hecke oder so.

Bedauerlich fand ich das schon, denn auch in meinen Kindheitserinnerungen spielen Eichen eine wesentliche Rolle, vor allem ihre Früchte, die Eicheln, mit denen man so herrlich spielen konnte. Später dann, als ich im Botanik-Unterricht erfuhr, dass Eichen weit über tausend Jahre alt werden können, war mein Respekt, ja meine Ehrfurcht vor diesen altehrwürdigen Geschöpfen noch gewachsen. Kein Wunder also, dass Eichen in vielen Religionen, Mythen und Sagen als heilige Bäume betrachtet werden. In der Antike waren sie dem jeweiligen Göttervaterchef (Zeus beziehungsweise Jupiter) gewidmet, und besonders weit trieben es mit der Eichenverehrung die Kelten. Deren Priester, die Druiden, waren nach der Eiche benannt, und wer einen Eichenhain unrechtmässig fällte, war des Todes.

Als Lieblingsbaum hätte ich die Eiche vermutlich nicht bezeichnet, schon deshalb, weil mir solche Castingshows zur Wahl des Mister Baum wenig sinnvoll erscheinen. Als Teil jenes Bäume-Kosmos, zu dem ich seit Kindheitstagen eine besondere Beziehung habe, war und ist sie eine herausragende Erscheinung.

Welcher Art diese besondere Beziehung denn wäre, wollte Adelina wissen, und ich gestand ihr, leicht verschämt, dass ich immer wieder so etwas wie Bäume-Umarmen praktizieren würde. Sie entgegnete, dafür bräuchte ich mich nicht zu schämen, sie täte das auch regelmässig. Nachdem wir dergestalt eine weitere Gemeinsamkeit zwischen uns konstatiert hatten, wurde Adelina neugierig darauf, was denn konkret «eine Art Bäume-Umarmen» bedeute.

Am liebsten hätte ich es ihr praktisch vorgeführt, doch die Nacht draussen war mittlerweile bitterkalt geworden, und Schneefall hatte eingesetzt, sodass wir beide lieber in der warmen Stube blieben. Ich erzählte ihr, dass ich in der näheren und weiteren Umgebung einige Lieblingsbäume habe, die nicht wegen ihrer Sorte meine Lieblinge sind, sondern wegen ihres Standortes und ihres Wuchses, also wegen ihrer Individualität.

Wenn ich nun einen solchen Baum besuche, berichtete ich weiter, umarme ich ihn zunächst tatsächlich. Dann stelle ich mich locker, aber kerzengerade vor seinen Stamm hin und verneige mich dann aus Respekt vor ihm leicht. Meine Füsse spüren so lange den Erdboden, bis ich eine Form von Verwurzelung empfinde. Dann hebe ich beide Arme hoch über meinen Kopf und presse die Handflächen gegeneinander. In mehreren Anläufen strecke ich Körper und Arme so weit nach oben, bis gar nichts mehr geht. Jetzt öffne ich die Handflächen und bilde mit ihnen einen offenen Kelch. In diesen strömt deutlich spürbar so etwas wie eine Energie oder eine Kraft von oben, die durch meinen senkrechten Körper bis hinunter zu den Füssen wandert, um sich mit der von unten heraufströmenden Kraft zu vereinigen.

Wenn diese Ströme eine Weile geflossen sind, verteile ich sie symbolisch mit meinen Händen über den ganzen Körper, lege dann die Handflächen wieder zusammen und verneige mich erneut vor dem Baum, der mich auf diese Weise an seinen Lebensprinzipien hat teilhaben lassen. Nach diesem kleinen Ritual fühle ich mich regelmässig erfrischt und kraftvoll. Kurz, es tut mir gut.

Adelina war ob dieses Geständnisses keineswegs schockiert, sondern erzählte im Gegenteil begeistert von einem ähnlichen

Baum-Ritual, das sie mal in einer Frauengruppe gelernt hatte und seitdem regelmässig, wenngleich ebenso heimlich wie ich, praktizierte. Von dieser Gemeinsamkeit beflügelt kamen weitere Geschichten, die wir mit Bäumen erlebt hatten, auf den Tisch. Sie berichtete von ihren einsamen Spaziergängen in den Eichenwäldern der Toskana, wo sie sich so wohlgefühlt hatte wie selten zuvor. Und ich erzählte ihr von meiner einzigen USA-Reise, von der mir nichts so eindrücklich im Gedächtnis haften geblieben war wie der Ausflug in die Redwoods zu den Mammutbäumen Nordkaliforniens.

Nur rund ein Dutzend Besucher pro Tag hatten damals die Forstbehörden in den Wald gelassen, sodass man mit diesen riesigen Lebewesen wirklich allein war. Auge in Auge wäre zu viel gesagt, denn natürlich überragen diese ehrfurchtgebietenden Geschöpfe uns kleine Menschen nicht nur an Höhe bei Weitem, sondern auch an Alter und vermutlich auch an Weisheit. So jedenfalls kam es mir damals vor, und seitdem betrachte ich Bäume noch mehr als wundersame Schöpfungen der Evolution, für die ich zweierlei empfinde: Respekt und Staunen.

Das hätte ich jetzt schön formuliert, sagte Adelina, aber nichtsdestotrotz sei sie jetzt müde und ginge ins Bett. Ich ging mit und nahm die Liegende in meinen Arm, woraufhin sie, wie so oft, sofort einschlief. Ich, der ich dazu immer länger brauche, sinnierte noch einen Moment und freute mich darüber, dass die neu entdeckte gemeinsame Liebe zu den Bäumen zu einem vielleicht kleinen, aber sicher bedeutsamen Bestandteil unserer Liebe zueinander geworden war. So hatte dieses rätselhafte Eichenlaub in den Händen von Appi doch noch sein Gutes getan. Ob dieses Gedankens schlief auch ich schliesslich ein.

Das Manifest

Das Ergebnis der nächsten Kontaktaufnahme durch die Entführer war einige Tage später im Inlandteil der Neuen Zürcher Zeitung zu lesen. Unter dem Titel «Ehret die Ahnen! Ein Manifest» publizierte die NZZ zunächst eine redaktionelle Vorbemerkung:

> *Die Entführung der Gletscherleiche vom Säntis, im Volksmund bereits liebevoll «Appi» genannt, bewegt viele Menschen in unserem Land und darüber hinaus, und jeder, so er denn könnte, hülfe gerne dabei, diesen unhaltbaren Zustand zu beenden. So natürlich auch die Redaktion dieses Blattes. Als wir deshalb erfuhren, dass die Entführer als ersten Schritt zur Freilassung die Publikation eines Manifestes in einer grossen Schweizer Zeitung verlangten, haben wir uns gerne bereit erklärt, den Text abzudrucken, aus Verantwortungsbewusstsein gegenüber diesem Lande, das ja ausser uns kaum über grosse Zeitungen verfügt. Die Publikation erfolgt unter dem Zwang höherer Zwecke. Wir verwahren uns gegenüber solchen Zwangsmassnahmen, genauso wie wir selbstverständlich die kriminellen Methoden der Entführer aufs Entschiedenste verurteilen. Zu unserem Bedauern werden diese Begleitumstände eine objektive Lektüre des folgenden Manifests wohl verunmöglichen. Dabei hätte es eine solche durchaus verdient.*

Ehret die Ahnen
«Zukunft braucht Herkunft.» Diese Erkenntnis des Philosophen Odo Marquard ist in zweierlei Hinsicht unerhört: Sie hat eine unerhörte, das heisst aussergewöhnliche Sprengkraft, und sie wird zugleich nicht ausreichend gehört. Unsere Gegenwart greift immer schon vor in die Zukunft oder begnügt sich mit sich selbst, nur für die Vergangenheit hat sie nicht viel übrig. Dabei bildet unsere Vergangenheit doch das Erdreich, auf dem

wir stehen, und wenn wir keine Wurzeln in es hineintreiben, werden wir vom leichtesten Hauch des Zeitgeists auf und davon geweht. Die ehrwürdige Eiche macht es vor: Sie ist tief in der Erde verwurzelt und kann deshalb über tausend Jahre alt werden, immer wieder Blätter und Früchte treibend und Trockenheit und Stürmen trotzend. An ihr sollten wir uns orientieren.

Das mangelnde Interesse an unserer Vergangenheit rührt auch daher, dass diese allzu oft als Abfolge abstrakter Ereignisse und Phänomene dargestellt wird. Dabei besteht Geschichte doch in erster Linie aus Menschen, und zwar nicht aus irgendwelchen, sondern aus unseren Ahnen. Sie sind es, denen wir nicht nur unsere Existenz verdanken, sondern auch die Art und Weise, wie wir heute leben können.

In vielen Naturreligionen ist die Verehrung der Ahnen eine heilige Pflicht. Dahinter steht das Bewusstsein davon, dass die Ahnen nicht einfach verschwunden sind, sondern unser Leben weiterhin beeinflussen können. Dieses Bewusstsein ist in unserer heutigen Welt leider weitgehend verloren gegangen. Nicht unbedingt auf der individuellen Ebene – es gibt nach wie vor Menschen, die zu ihren persönlichen Ahnen eine intensive Beziehung pflegen –, wohl aber auf der gemeinschaftlichen.

Das beste, wenngleich auch traurigste Beispiel für unseren mangelnden Respekt vor den Ahnen ist der Umgang mit jenen Vorfahren, die überhaupt erst dafür gesorgt haben, dass unser Land bis heute unabhängig geblieben ist. Die Rede ist von jenen tapferen Menschen, die in der Vergangenheit, als diese Unabhängigkeit ernsthaft bedroht war, für die Verteidigung des Vaterlandes gesorgt haben. Zuletzt im Zweiten Weltkrieg. Dass die Rolle der Schweizer Armee in jener Zeit von den Nachfahren unterschiedlich beurteilt wurde, gehört zur Normalität, so wie leider auch die Tatsache, dass vonseiten linker Historiker die Aktivdienst-Generation anlässlich der Geschichte mit den nachrichtenlosen Vermögen mit Hohn und Spott übergossen wurde. Gut zum Zeitgeist passte auch, dass die zaghaften Stimmen der Überlebenden, die damals bereit gewesen waren, ihre Heimat mit der Waffe in der Hand zu verteidigen, kaum gehört wurden. Obwohl sie ein legitimes Anliegen hatten: nicht aus der Perspektive der Nachfahren beurteilt zu werden, sondern aus ihrer eigenen damaligen.

Viel schlimmer ist jedoch, dass die Diskussionen über die Zeit damals und danach weitgehend verstummt sind. Die Heutigen begegnen diesem Thema mit Interesselosigkeit und Gleichgültigkeit. Solange unsere Ahnen mit Kritik bedacht wurden, wurden sie wenigstens wahrgenommen. Jetzt werden sie nicht einmal mehr das. Und das ist die schlimmste Form von Respektlosigkeit und Verachtung.

Stattdessen gebührte unseren wehrhaften Ahnen der Dank des Vaterlands. Sie haben unter persönlichen Opfern das getan, was ihnen und dem ganzen Volk damals richtig erschien: die Heimat nicht einfach kampflos fremden Besatzern preisgeben. Dafür haben sie die Ehrerbietung ihrer Nachkommen verdient.

Noch viel mehr gilt das für jene Gruppe von Männern und Frauen, die in den Zeiten grosser Gefährdung bereit waren, ihren Beitrag zur Vaterlandsverteidigung im Geheimen zu leisten. Denn selbst dort, wo Bundesräte heute frühere Verdienste im Dienste der Armee ausdrücklich verdanken, bleiben sie ausgeschlossen. Ihre Tätigkeit war ja geheim und muss es noch lange Zeit bleiben. Das hat sie belastet und tut es teilweise heute noch. Gerade deswegen gebührt ihnen ein besonders herzlicher Dank.

Es ist höchste Zeit, dass die offizielle Schweiz diesen Ahnen ein Denkmal setzt, in welcher Form auch immer. Sie würde sich damit einen zusätzlichen Wurzelstrang schaffen, der den Zugang zu nährenden Mineralien erschliesst. Nicht aus Angst vor den Ahnen wie die Naturvölker sollten wir diese ehren, sondern weil sie eine Kraftquelle sind. Die Ehrung unserer während und nach dem Zweiten Weltkrieg im Geheimen operierenden vaterlandsverteidigenden Ahnen hülfe der Schweiz, im Konzert der Völker weiterhin eine unabhängige und zugleich selbstbewusste, offene und innovative Rolle zu spielen.

Nachbemerkung der Redaktion: Das obige Manifest ist unterzeichnet mit «Operationskommando Eichenlaub». Diese kriegerische Selbstbezeichnung passt zwar zum kriminellen Akt der nach wie vor unbekannten Entführer, nicht aber zu den in ruhigem Tonfall vorgetragenen Argumenten des Manifests, das wir auch nach mehrmaliger Lektüre für durchaus bedenkenswert halten. Da die kriminalistische Seite des Falls bereits erschöpfend diskutiert worden ist, bitten wir die allfälligen Verfasser von Leserbriefen, sich auf die Inhalte des Manifests zu konzentrieren.

Natürlich sollte dies ein frommer Wunsch der NZZ bleiben. Am Tag der Publikation des Manifests entspann sich binnen Stunden eine intensive Diskussion im Internet, die sich, wie kaum anders zu erwarten, in erster Linie darum drehte, wer Appi wozu entführt habe. Adelina, die im Gegensatz zu mir solche Netz-Diskussionen gerne unmittelbar mitverfolgte, meldete mir bald, die kollektive Intelligenz sei dem Rätsel um die Anliegen der Entführer auf die Spur gekommen. War ja auch nicht besonders schwer, die Hinweise im Manifest waren kaum zu übersehen.

Ohne aufschneiden zu wollen: Ich hatte das Rätsel schon bei der zweiten Lektüre des Manifests gelöst, das wiederum auf meinem Mac eingegangen war, verbunden mit der höflich, aber klar formulierten Mitteilung, dessen Publikation in einer grossen Schweizer Zeitung sei eine notwendige, wenngleich nicht hinreichende Bedingung für die Rückgabe von Appi. Adelina war in jenem Moment nicht da gewesen, und so hatte ich das Manifest erst einmal allein sorgfältig studiert, ehe ich es an den Krisenstab weiterleitete. Dabei kam mir die Gnade der frühen Geburt zu Hilfe, denn ich hatte jene Ereignisse, auf die sich der letzte Teil des Manifests bezog, noch selbst miterlebt, medial jedenfalls.

Der Krisenstab hatte nach Eingang der Forderung beschlossen, es sei nicht ehrenrührig, ihr nachzugeben, und dann sein Beziehungsgeflecht genutzt, um die NZZ an Bord zu holen – einen besseren Service konnte man den Entführern schliesslich nicht bieten. Wobei sich die Theorie von der Entführerbande immer mehr verflüchtigte, nachdem man das Gutachten einer in Polizeikreisen hoch geachteten Sprachsachverständigen eingeholt hatte.

Dieses Gutachten stellte zunächst fest, es handle sich beim Text auf keinen Fall um das Werk eines Kollektivs. Vielmehr sei das Manifest mit Sicherheit von einem einzelnen älteren Herrn verfasst worden, sicher über sechzig, ziemlich wahrscheinlich über siebzig. Der Schreibende verfüge über eine klassische Bildung und viel Führungserfahrung, sei kunstsinnig und habe sowohl einen Blick für die grossen Zusammenhänge wie den Sinn für handfeste Details.

In einer persönlichen Anmerkung verwies die Gutachterin auf eine historische Parallele: Gegen Ende der sechziger Jahre des 20. Jahrhunderts war eine Figur auf die Bühne der Schweizer Politik getreten, die in ihren Augen Ähnlichkeiten mit dem Manifest-Verfasser hatte: James Schwarzenbach, ein reicher Industrieller, hatte damals mit einem Volksbegehren, das einen massiven Abbau der ausländischen Bevölkerung der Schweiz vorsah, beinahe Erfolg gehabt. Er vertrat eindeutig konservative Positionen, bildete jedoch mit seiner kultivierten und feinsinnigen Person einen krassen Gegensatz zum Gros seiner doch eher grob gestrickten Anhängerschaft. Der Autor des Manifests vertrete ähnlich konservative Argumente und pflege einen ähnlich kultivierten Stil. Nur bei der Anhängerschaft höre die Parallele auf, denn ein Unbekannter könne schlecht Anhänger haben.

Der Krisenstab war zunächst skeptisch, dass man aus einer guten Seite Text so viel über den Autor herauslesen könne, doch nachdem die darin vertretenen Polizeioffiziere glaubhaft versichert hatten, in- wie ausländische Erfahrungen zeigten, dass ihre Hinweise meistens sehr genau gestimmt hätten, liess man sich von den Qualitäten der Verfasserin des Gutachtens überzeugen und glaubte ihr.

Die These der Polizeipsychologin, es handle sich um einen Einzeltäter, allenfalls mit einigen treuen Vasallen, war durch das Gutachten bestätigt worden. Und da man jetzt das Suchprofil deutlich eingrenzen konnte, erschien es dem Krisenstab angebracht, die Öffentlichkeit um sachdienliche Hinweise zu bitten. Statt auf das nächste Informationsleck zu warten, ging der Krisenstab in die Offensive und veröffentlichte das Gutachten in Auszügen.

Die Medien griffen die Sache begierig auf und spekulierten wild drauflos. Schon ziemlich alt müsse der Entführer sein und vermutlich früher ein hohes Tier, an Kunst interessiert, ziemlich reich und natürlich von konservativer Gesinnung und mit grossem Sendungsbewusstsein ausgestattet. Namen nannten die Medien keine. Das taten dafür umso mehr all jene, die den Fall im Internet diskutierten. Selbst Christoph Blocher, charismatischer Führer der Schweizerischen Volkspartei SVP, wurde verdächtigt – immerhin trafen alle Merkmale des «Steckbriefs» auf ihn zu.

Der Krisenstab, der jetzt öfters eine Telefonkonferenz abhielt, verfolgte die Diskussion natürlich auch. Ich selbst konnte mich ob der Nennung von Blocher eines gewissen Schmunzelns nicht erwehren, wurde jedoch schlagartig wieder ernst, als Andrea Langenegger einwandte, es gäbe noch einen Hinweis auf ihn, wenn auch natürlich keinen ernsthaften auf seine Täterschaft. Sie sei nämlich zum Schluss gekommen, dass den Entführer ein Motiv antreibe, dass viele auch einem Typ wie Blocher zuschreiben: gekränkte Ehre.

Wo sie schon mal das Wort hatte, holte sie dann noch zu einer ausführlicheren Beschreibung des Werts Ehre aus. Aufgeklärt-liberale Menschen des 21. Jahrhunderts würden ja leicht vermuten, Ehre sei nur in zurückgebliebenen Kulturen noch ein Thema. Etwa, wenn die Tochter sich mit einem fremden Mann einlässt und deshalb die Familienehre beschmutzt, weshalb sie umgebracht werden muss. Dabei sei auch bei uns die Zeit der Ehrenhändel noch nicht so lange vorbei, und die Geschichte der Duelle im Morgengrauen wirke bis heute nach, gerade in Offizierskreisen, wo immer noch ein wirksamer Ehrenkodex herrsche.

Natürlich sei es ein zivilisatorischer Fortschritt, fügte sie noch hinzu, dass der sehr rigide Begriff der Ehre vom offeneren und flexibleren Begriff der Würde abgelöst worden sei, doch Restbestände des alten Ehrbegriffs hätten bis heute überlebt. Vielen Anhängern des besagten Herrn Blocher ginge es zum Beispiel, wie vertiefte politische Analysen ergeben hätten, tatsächlich stark um die bedrohte Ehre des Vaterlandes. Und sie vermute, dass es gerade im Umfeld der Armee manchen altgedienten Veteranen gäbe, an dem wegen fehlender Anerkennung seiner Dienste das Gefühl gekränkter Ehre nage.

Womit wir wieder auf jener Spur waren, auf die das Manifest selbst verwiesen hatte und die sich jetzt immer stärker als die richtige herausstellte: Es ging dem Entführer von Appi um die Wiederherstellung der gekränkten Ehre von P-26.

P-26

Um bei der Wahrheit zu bleiben, hatte ich Adelina gestanden, als sie am Tag des Eintreffens des Manifests zu mir heraufgekommen war, hätte ich keine sehr klare Erinnerung an die Aufdeckung der geheimen Kaderorganisation P-26. Erstens sei das über zwanzig Jahre her, und zweitens hätte ich damals im Ausland gelebt. Und vor der Erfindung des Internets sei es eben nicht leicht gewesen, sich fernab der Heimat über das dortige Geschehen zu informieren.

Immerhin war damals, man schrieb das Jahr 1990, und der Kalte Krieg zwischen dem Westen und dem Ostblock war wegen Implosion des Gegners vorbei, die Kunde vom Schweizer Fichen-Skandal bis zu mir vorgedrungen. Ruchbar geworden war, dass die Politische Polizei der Schweiz fast eine Million (bei einer Einwohnerzahl von damals rund sechs Millionen, Babys und Greise inbegriffen …) Karteikarten (auf Französisch «fiche») über vermeintliche Staatsgegner und potenzielle Umstürzler im Inland angelegt hatte. «Äusserst unsystematisch und zufällig», wie der damalige Bericht der Parlamentarischen Untersuchungskommission (PUK) festhielt, wurde wahllos alles bespitzelt, was auch nur entfernt nach Linken, Alternativen, Grünen, Friedensbewegten, Drittwelt-Aktivisten, Frauenbewegten, Fremdarbeiterbetreuern, Anti-AKW-Bewegung oder auch nur religiösen Gruppierungen roch.

Ich weiss zwar nicht mehr wie, aber irgendwie habe ich erfahren, dass ich auch zu den Fichierten gehörte. Alles andere wäre für einen politisch engagierten jungen Mann damals auch fast eine Beleidigung gewesen. Der Aufwand dafür, herauszufinden, was genau die Staatsschützer über mich notiert hatten, war mir aber denn doch zu hoch, meine politisch aktiven Zeiten waren vorbei, und ich konnte ganz gut ohne das Wissen leben, welch absurdem Zeitvertreib sich die Politische Polizei in meinem Falle hingegeben hatte.

Bei ihren Aufräumarbeiten in den Trümmern des Kalten Kriegs, von dem die Schweiz mindestens so besessen war wie der offizielle Westen, entdeckte die besagte PUK dann auch die Existenz der Geheimorganisation P-26.

Während ich die nostalgischen Erinnerungen eines älteren Herrn aus meinem Gedächtnis klaubte, fummelte Adelina schon an ihrem Laptop herum, gab einige Druckbefehle und kam schliesslich mit einem Stapel Papier zurück, wohl wissend, dass ich zum Lesen raschelndes Papier dem Starren auf einen Bildschirm immer noch bei Weitem vorzog. So konnten wir die Geschichte der P-26 bald ganz gut rekonstruieren.

Wie so oft war auch jetzt Wikipedia eine gute Quelle. Das Projekt P-26, benannt nach der Anzahl der Schweizer Kantone, war demgemäss «eine geheime Kaderorganisation zur Aufrechterhaltung des Widerstandswillens in einer besetzten Schweiz». Denn: «Während fünfzig Jahren hatte die Armeeleitung nicht nur die Verteidigung der Schweiz gegen faschistische und linksextreme Aggressoren vorbereitet, sondern auch eine Niederlage ihrer Armee bedacht.» Im sicherheitspolitischen Bericht des Bundesrates aus dem Jahr 1972 hiess es wörtlich:

«Eine Besetzung des Landes darf nicht das Erlöschen jeden Widerstands bedeuten. Ein Gegner soll auch in diesem Fall nicht nur mit Ablehnung, sondern mit aktivem Widerstand rechnen müssen. Diese Gewissheit muss in seiner Gewinn- und Verlustrechnung ein für uns positives Element sein. Alle Möglichkeiten, günstige Voraussetzungen für den aktiven Widerstand zu schaffen, müssen früh wahrgenommen werden.»

Mit der etwas kühnen juristischen Argumentation, es gebe zwar keine gesetzliche Grundlage für eine Organisation wie die P-26 (und damit auch keine parlamentarische Kontrolle), doch diese sei Teil der Gesamtverteidigung und damit verfassungskonform, wurde eine Legitimation konstruiert, die auf wackeligen Beinen stand und nach der Aufdeckung entsprechend kritisiert wurde. Man sprach von einer Geheimarmee, die riesige versteckte Waffenlager für völlig undurchschaubare Zwecke angelegt habe.

Als dann noch ruchbar wurde, dass die P-26 nicht nur im Falle einer Besetzung durch die Sowjets eingesetzt werden sollte, sondern auch bei einem «inneren Umsturz», schlugen die Wogen der Empörung vollends hoch. Nicht nur im durch den Fichen-Skandal direkt betroffenen linken Lager, sondern bis weit in die bürgerlichen Parteien hinein fand man, nun reiche es mit den Aktivitäten der selbst ernannten Staatsschützer. Dem damaligen Verteidigungsminister blieb nichts anderes übrig, als die P-26 unverzüglich aufzulösen.

Was nicht bedeutete, dass man die Angelegenheit nun vollends aufklären konnte. Alle Akten sollten bis 2020 unter Verschluss bleiben, und die Mitglieder der Geheimorganisation waren nach wie vor zu absoluter Geheimhaltung verknurrt. Erst 2009 wurde die strikte Geheimhaltung aufgehoben. Wer wollte, durfte sich jetzt als ehemaliges P-26-Mitglied outen und ein bisschen was erzählen. Was einige wenige in einem Fernsehfilm auch taten. Dieser warf allerdings keine hohen Wellen mehr, was auch für ein Buch aus dem Jahr 2012 galt, das sich ziemlich eindeutig der Rehabilitation von P-26 verschrieben hatte.

Über zwanzig Jahre nach ihrer Auflösung interessierte sich offenbar kein Schwein mehr für die geheime Organisation, na ja, fast keines jedenfalls. Jetzt war jemand daran, die Schweiz dazu zu zwingen, sich noch einmal mit dieser alten Geschichte auseinanderzusetzen. Nun waren Adelina und ich zwar nicht die Schweiz, sondern nur ein winziger Teil davon, doch als solcher konnten wir genauso gut wie andere damit beginnen, die Sache aus historischer Distanz und mit nüchternem Blick anzuschauen. Was wir an diesem Abend denn auch taten.

Bis zum Ende der Sowjetunion war die Bedrohung aus dem Osten in den Schweizer Köpfen stets präsent gewesen. Sicher nicht in allen, aber ebenso sicher in allen, die etwas mit der Armee zu tun hatten. Diese Armee war letztmals Mitte des

19. Jahrhunderts in Form eines kleinen Bürgerkriegs aktiv tätig gewesen und hatte also nie beweisen können, dass sie im Ernstfall etwas richtig tat. Umso wichtiger war es, zu beweisen, dass sie sich richtig auf diesen Ernstfall vorbereitete. In dieser Logik war es folgerichtig, auch den Fall einer Niederlage einzuplanen.

Dafür wurden seit den Zeiten des Zweiten Weltkriegs verschiedene Organisationen geschaffen. Dass diese möglichst geheim bleiben mussten, versteht sich von selbst. Nach einem Skandal um einen völlig unfähigen Agenten wurden 1979 die Geheimdienste reorganisiert, und es schlug die Geburtsstunde von P-26.

Glaubte man den Medienberichten nach deren Enttarnung, handelte es sich dabei um eine Geheimarmee von über zweitausend Mann (inklusive einiger Frauen), die ausgebildet waren im Bombenlegen und im lautlosen Töten. Die Realität war wesentlich banaler. Bei ihrer Auflösung umfasste die P-26 gerade mal rund dreihundert Personen. Zu mehr als Selbstverteidigung war ihre Bewaffnung nicht geeignet. Und ausgebildet wurde vor allem in Funktechnik und konspirativer Kommunikation.

Das rührendste Beispiel für geplante Nadelstichaktionen war das massenhafte Loslassen von roten Luftballons mit dem Schweizer Kreuz darauf, zur Ermutigung der Bevölkerung und zur Verunsicherung der Besatzer, wie es im erwähnten Fernsehfilm von 2009 hiess, den wir uns natürlich ebenfalls im Internet angeschaut hatten.

Ganz so harmlos war die Sache natürlich nicht. Es gab durchaus ordentliche Waffendepots, mit deren Inhalt man die jungen aktiven Widerstandskämpfer ausgerüstet hätte, die man im Ernstfall allerdings erst noch rekrutieren musste. P-26 selbst bestand vornehmlich aus Menschen der reiferen Jahrgänge, die sich als im Voraus installierte Kaderorganisation begriffen. Sie waren in winzigen Zellen organisiert, sodass man nur ganz wenige Kollegen kannte und damit im Notfall den Rest nicht verraten konnte.

Adelina fragte sich, wie jemand wohl dazu gekommen sei, bei der Geheimorganisation mitzumachen, und aus welchen Gründen. Ich fand das eine spannende Frage. Sosehr ich den Verfasser des Manifests und vermutlichen Entführer von Appi auch als Gegner betrachtete, sosehr musste ich ihm recht geben: Man kann diese Frage nur aus der Perspektive der damals Handelnden beantworten. Was Adelina und ich denn auch gemeinsam versuchten.

Eine Hauptperson in der Fernseh-Dokumentation über P-26 war eine ehemalige Krankenschwester aus Schaffhausen, die später eine politische Karriere gemacht hatte. Sie erzählte, wie sie damals, streng geheim natürlich, zur Mitwirkung eingeladen worden war, und es war ihr anzumerken, dass sie den Stolz des Auserwähltseins empfunden hatte. Zur Ausbildung reiste sie jeweils für ein paar Tage nach Gstaad, wo man in die ohnehin schon von Festungswerken aller Art durchlöcherten Schweizer Alpen ein zusätzliches Loch gebohrt und daraus ein unterirdisches Ausbildungszentrum gemacht hatte. James-Bond-Feeling also vom Feinsten.

Das alles mag zur Motivlage beigetragen haben, doch entscheidend war ohne Zweifel die unerschütterliche Gewissheit, etwas für das eigene Land Richtiges und Gutes zu tun. Selbst einige prominente Mitglieder der Sozialdemokratischen Partei der Schweiz, die damals immer noch von tiefem Misstrauen gegenüber der bürgerlich dominierten Armee geprägt war, verspürten offenbar diese Gewissheit und machten mit.

Die Überzeugung, etwas Sinnvolles zu tun, liess die Mitglieder der P-26 nicht nur muffige Bunkerzellen ertragen, sondern auch die absolute Geheimhaltung. Nicht einmal die engsten Familienmitglieder durften etwas vom konspirativen Tun wissen, für alle Zusammenkünfte gab es sorgfältig organisierte Tarnungen. Und diese als selbstverständlich empfundene Geheimhaltungspflicht haben die meisten Mitglieder offenbar so sehr verinnerlicht, dass sie sich bis heute daran halten und nichts von ihren ehemaligen geheimen Tätigkeiten preisgeben. Dass sie dafür so etwas wie Dankbarkeit erwarten, befand Adelina abschliessend, sei für sie durchaus verständlich. Schliesslich sei ihnen, wie es Efrem Cattelan, der ehemalige Chef der P-26, im Film formulierte, der ungerechtfertigte Vorwurf der Illegalität, der sie in die Nähe von Kriminellen gerückt hätte, schwer unter die Haut gegangen. Und ein anderes prominentes ehemaliges Mitglied hatte mit Bitterkeit in der Stimme erklärt, der Dank des Vaterlands sei sehr bescheiden ausgefallen.

Wohl erhielten, wie der Film abschliessend bemerkte, jene ehemaligen P-26-Mitglieder, die sich selbst meldeten, seit Neuestem einen offiziellen Dank des Bundesrates. Allerdings eben nur die, die sich selbst meldeten. Die vielen übrigen, die das, aus welchen Gründen auch immer, nicht wollten, mussten weiterhin mit dem Gefühl, undankbar behandelt worden zu sein, leben. Auch einen eindeutigen offiziellen Dank an die Organisation als Ganzes – und damit an alle, die darin jemals mitgewirkt hatten – hatte es nie gegeben.

Sackgassen

Im Krisenstab hatte anfänglich Euphorie geherrscht, als allen klar wurde, dass Appis Entführung dazu dienen sollte, die gekränkte Ehre der P-26 wiederherzustellen. Der Verdacht, es handle sich beim Kopf der Bande um ein ehemaliges Mitglied dieser geheimen Kaderorganisation, lag mehr als nahe. Also musste man nur herausfinden, wer von den ehemaligen Mitgliedern noch lebte, und diese Liste mit dem abgleichen, was man sonst schon wusste oder vermutete über den Entführer, und schon würde sich der Kreis der Verdächtigen auf eine überschaubare Grösse reduzieren.

Bei diesem Plan hatte allerdings die Ostschweizer Bürokratie ihre Rechnung ohne die in Bern gemacht. Beim «Departement für Verteidigung, Bevölkerungsschutz und Sport», kurz VBS, dem früheren Eidgenössischen Militärdepartement EMD, stiess man nämlich auf Granit. In einem höflichen Schreiben teilte man den Antragstellern mit, man sähe sich leider ausserstande, in diesem Fall Amtshilfe zu leisten. Die Sperrfrist für alles, was mit P-26 zu tun habe, sei unwiderruflich auf das Jahr 2020 festgelegt. Zudem gehe es hier um die Persönlichkeitsrechte von lebenden Personen, weshalb aus Gründen des Datenschutzes eine Enttarnung dieser Namen nicht in Frage käme. Hätte es sich beim Entführungsopfer um einen lebendigen Menschen gehandelt, hätte man allenfalls die Bildung einer Kommission in Erwägung gezogen, die über Argumente zugunsten einer Ausnahmeregelung zu brüten gehabt hätte. Die Entführung einer Leiche hingegen sei juristisch zu wenig relevant, um in einer Rechtsgüterabwägung eine Chance zu haben, weshalb nichts anderes übrig bliebe, als bei den bewährten Prinzipien zu bleiben. Kurzum: Der Amtsschimmel galoppierte im Kreis herum. Dieser bürokratischen Denkweise war mit den besten Argumenten nicht beizukommen.

Nachbohren nützte gar nichts. Auf diesem Weg würde der Krisenstab nicht erfahren, wer zur P-26 gehört hatte.

Von dieser kollektiven Erfahrung frustriert, startete ich meinen ersten Versuch, mit dem Entführer Kontakt aufzunehmen, solo, das heisst, ohne jemandem vorab Bescheid zu geben. Der oder die Entführer hatten in der Botschaft, der das später publizierte Manifest angehängt war, nämlich versprochen, wenn das Ding veröffentlicht werde, würden sie mir eine Adresse mitteilen, an die wir, also der Krisenstab und speziell ich, eine Botschaft in die Gegenrichtung losschicken könnten. Und sie hatten Wort gehalten. Die angegebene Mail-Adresse, so wurde weiter mitgeteilt, wäre eine Art toter Briefkasten, der sofort aufgelöst würde, wenn eine Botschaft eingetroffen und über Umwege an die wahre Zieladresse weitergeleitet worden sei. Man würde uns in diesem Fall über eine neue Adresse informieren.

Ich beschloss also, diese Gelegenheit heimlich zu nutzen und den Autor des Manifests in eine philosophische Diskussion zu verwickeln, in der vagen Hoffnung, er würde dabei etwas von sich verraten, das uns zu ihm führen könnte. In einer obskuren deutschen Zeitschrift für Gesundheitsförderung hatte ich einen Text gefunden, der sich mit einem ähnlichen Thema befasst wie das Manifest, nämlich mit der Orientierung in der Zeit. Er diente mir als Einleitung:

«Zunächst erscheint die Frage, wie sich die Menschen in der Zeit orientieren, reichlich abstrakt, höchstens geeignet als Futter für Philosophen und Philosophinnen: ›Solange ich nicht darüber rede, weiss ich, was die Zeit ist, doch sobald ich darüber reden will, weiss ich es nicht mehr‹ – so etwa die Erkenntnis des heiligen Augustinus.»

Meine intensive Beschäftigung mit dem Leitwert Lebensqualität hatte mir jedoch mittlerweile eine neue Erkenntnis eröffnet: Lebensqualität ist auch eine Frage der passenden Orientierung in der Zeit. Als Wesen, die in Raum und Zeit leben, brauchen wir Menschen nicht nur einen für uns passenden Ort im Raum, sondern auch eine passende Orientierung im Strom der Zeit.

In zwei Umfragen im Jahr 2004 und 2011 stellte ich jeweils einigen an solchen Themen interessierten Zeitgenossen Fragen zu diesem Thema, und ich stellte zugleich grundsätzliche Überlegungen dazu an.

Während der Raum für uns stabil wirkt, wissen wir alle, dass die Zeit fliesst und sich dadurch für unser Empfinden aufteilt in Vergangenheit, Gegenwart und Zukunft. Orientierung im Zeitstrom ist deshalb vor allem eine Frage der Perspektive: Woran orientieren wir uns primär, an der Vergangenheit, an der Gegenwart oder an der Zukunft? Welche dieser Zeiten spricht uns am stärksten an? Aus welcher beziehen wir am ehesten Energie und Inspiration? Welche ist gleichsam unsere Basis-Zeit?

Von der Wahl der passenden Basis-Zeit hängt die eigene Lebensqualität entscheidend ab. «Passend» ist dabei sowohl individuell gemeint – passt die gewählte Basis-Zeit zu meiner Persönlichkeit? – als auch kollektiv: Passt meine gewählte Basis-Zeit in den kollektiven Strom des Zeitgeistes, oder bin ich damit isoliert? Passe ich zum Beispiel mit meiner Neigung zur Entschleunigung in unsere immer hektischer werdende Zeit?

In den neunziger Jahren des letzten Jahrhunderts etwa musste sich jemand, der sich vorwiegend an der Vergangenheit orientierte, isoliert vorgekommen sein. Der vorherrschende Zeitgeist beschäftigte sich damals überwiegend mit den gleissenden Verheissungen der Zukunft. Die Neunziger waren ein Jahrzehnt der Zukunftsorientierung. Man sprach etwa von «New Economy», von einer gänzlich neuen Wirtschaftsordnung – und verlor viel Geld in der Internet-Blase, an deren Ursprung glänzende Zukunftsprognosen wirkten.

Die achtziger Jahre dagegen orientierten sich vorwiegend an der Gegenwart. Lifestyle war das dominante Thema, und das wiederum hatte weder mit der Vergangenheit noch mit der Zukunft viel zu tun.

Noch einmal anders können wir die siebziger Jahre charakterisieren: Damals stand – jedenfalls im deutschsprachigen Kulturraum – die Auseinandersetzung mit den Sünden der Vergangenheit im Zentrum, und die diesen gegenübergestellten alternativen Utopien lassen sich aus der Distanz allesamt als rückwärtsgewandt erkennen. Das gilt für die «Zurück-zur-Natur-Sehnsucht» der Hippies genauso wie für die Neigung zum Kader-Sozialismus vieler Linker. Es dominierte also in jeder Hinsicht die Orientierung an der Vergangenheit.

Aus diesem gerafften Überblick lässt sich die Erkenntnis ableiten: Zeitorientierung ist sehr wohl wandelbar. Die Vorlieben für eine bestimmte Basis-Zeit können sich ändern. Woraus sich für uns neugierige Zeitgenossen natürlich sofort die nächsten Fragen ergeben: Wo stehen wir heute? Und: Welche Zeitorientierung ist für die nächsten Jahre und Jahrzehnte zu erwarten?

Schon bald wieder vergessen ist die angebliche Zeitenwende beim Eintritt in ein neues Jahrtausend. Dabei hat sich in den letzten Jahren in den Tiefen des kollektiven Bewusstseins eine viel fundamentalere Zeitenwende abgespielt: Waren die neunziger Jahre noch ganz auf Zukunft eingestellt, so leben wir jetzt im Zeitalter der Gegenwart.

So wie die Zukunft als Basis-Zeit an Wert verloren hat, hat dafür die Gegenwart gewonnen. 2011 sagte die Hälfte, sie lebe heute «ganz entspannt im Hier und Jetzt». Der Höhepunkt ist damit allerdings erreicht, in zehn Jahren wird die Gegenwart gemäss eigenen Aussagen nur noch für rund ein Drittel die Basis-Zeit sein. Vor sieben Jahren dominierte die Gegenwart noch viel klarer, der damals vorhergesagte Trend zu einer reduzierten Bedeutung der Gegenwart hat sich bestätigt.

Und irgendwann im nächsten Jahrzehnt wird sich diese Kurve mit jener der Fliesszeit kreuzen: Jene, die als Basis-Zeit den «evolutionären Zeitstrom» wählen, in dem «die Grenzen zwischen gestern, heute und morgen fliessend sind», werden dann die Mehrheit bilden. Die Kurve für die Fliesszeit verläuft als einzige kontinuierlich aufwärts.

Die Gegenwart schliesst heute und zukünftig Vergangenheit und Zukunft mit ein. Die Zukunft gehört der Fliesszeit, erlebt als evolutionärer Zeitstrom, in dem die Grenzen zwischen gestern, heute und morgen durchlässig werden.

Im Lebensgefühl der Fliesszeit lassen wir unsere Achtsamkeit für das Jetzt nicht von nostalgischen Erinnerungen trüben («Früher war alles besser …»), und wir opfern die Gegenwart auch nicht der Illusion, erst in der Zukunft könnten wir glücklicher werden. Zugleich sind wir uns jederzeit unserer Wurzeln bewusst und schätzen und pflegen das in der Vergangenheit Bewährte. Und für die Zukunft sind wir, wenngleich ohne Illusionen, offen und sehen ihr mit Neugier und Freude entgegen.

Die Lebensqualität der Menschen von morgen ist eng gekoppelt mit dieser neuen Zeitorientierung. Wer sich in der Zeit einseitig rückwärts oder vorwärts orientiert oder aber Herkunft und Zukunft ganz ausblendet, verliert den Kontakt zum ganzen lebendigen Strom der Zeit. Und vernachlässigt damit ein elementares Prinzip von Lebensqualität: alle Sphären und Bereiche des eigenen Lebens in Balance zu halten.

Diesen Text sandte ich an die angegebene Adresse, verbunden mit der Frage, ob sich der Manifest-Verfasser in dieser Auffassung von Fliesszeit wiederfände. Mir sei nämlich aufgefallen, dass in seinem Manifest keine Verabsolutierung der Vergangenheit zu finden sei, sondern ein durchaus ganzheitliches Bild von Zeit, das sich der Beziehungen zwischen Vergangenheit, Gegenwart und Zukunft bewusst sei.

Die Antwort kam prompt per Mail mit unbekanntem Absender: Auch wenn man natürlich immer die Gesamtheit eines Tempelgebäudes im Auge haben müsse, so sei es doch manchmal notwendig, sich ganz auf jenen einen Pfeiler zu konzentrieren, der gerade am Zerbröseln sei und deshalb das ganze Gebäude zum Einsturz zu bringen drohe.

Mehr stand da nicht, ausser einen neuen Adresse, doch immerhin war ein Kontakt hergestellt. Über dieses Erfolgserlebnis berichtete ich dem Krisenstab in der nächsten Telefonkonferenz. Zunächst wurde ich für meinen Alleingang gerüffelt, doch dann ermutigte man mich, mit der Korrespondenz weiterzufahren. Man erhoffte sich davon nicht nur Aufschlüsse über unseren Gegner, sondern wollte auch probieren, doch noch herauszubekommen, wohin meine Botschaften gingen. Zu diesem Zwecke wollte man den Botschaften ein kleines verstecktes Programm anhängen, das registrieren sollte, wohin die Botschaft vom toten Briefkasten aus gelenkt wurde, um uns dann die eigentliche Zieladresse mitzuteilen.

Adelina mit ihrem Computersachverstand war auf diese Idee auch schon gekommen und hatte einige Netzfreunde dazu animiert, ihr dabei zu helfen. Die Ergebnisse waren auf beiden Seiten zunächst ernüchternd. Die ersten eingesetzten Huckepackprogramme waren allesamt entdeckt und zerstört worden. Ich hielt deshalb eifrig die philosophische Diskussion mit dem Entführer aufrecht, vielleicht würde es bei einem nächsten Anlauf ja doch noch klappen.

Beim vierten oder fünften Mail-Wechsel enthielt die Antwort des Entführers plötzlich eine persönliche Note. Er hätte mich jetzt als besonnenen und reifen Denker kennengelernt, mit dem er eine Art Geistesverwandtschaft spüre. Es wäre doch sinnvoller, zusammen zu spannen, statt sich als Gegner zu behandeln. Meinen eigentlichen Auftrag, den Ur-Appenzeller zu retten, hätte ich ja bereits erfüllt. Wenn ich ihm jetzt helfen würde, die fragliche Angelegenheit sauber zu beenden, könnten wir doch danach gemeinsame Sache machen, um einer vernünftigen Betrachtung der Zeit, mit all ihren Dimensionen, zum Durchbruch zu verhelfen. Mein Schaden solle das nicht sein, schon gar nicht auf der materiellen Ebene.

Zum Glück wurden die Botschaften des Entführers, die nach wie vor ausschliesslich auf meinem Computer eingingen, nicht automatisch an den Krisenstab weitergeleitet. Das gab mir die Zeit, in Ruhe über das eben Gelesene nachzudenken. Und diese Zeit brauchte ich wahrhaftig.

Die Zeilen waren zwar wie gewohnt elegant und doch immer auch etwas verklausuliert formuliert, doch die eigentliche Botschaft war klar und deutlich: Der Entführer wollte mich kaufen. Ich sollte die Fronten wechseln oder, wahrscheinlich noch besser, zum Doppelagenten werden. Gegen gutes Entgelt natürlich.

Ich gebe es ungern zu, aber für einen Moment war ich versucht, gleich zurückzufragen, wie viel denn geboten sei. Man könnte ja wieder mal seinen Marktwert testen. Und sich allenfalls wegen der Testergebnisse gebauchpinselt fühlen. So wie es überhaupt schon schmeichelhaft ist, dass ein Gauner dieses Kalibers ernsthaft eine Kooperation mit einem in Erwägung zieht.

Zum Glück dauerte dieser Moment nicht lange. Und zum Glück erschien genau da Adelina, die mir ansah, dass was los war, und der ich deswegen die Geschichte brühwarm erzählen musste. Sollte ich noch einen Zweifel daran gehabt haben, dass meine einsetzende Empörung darüber, dass mich jemand für käuflich hielt, echt war, so wurde er von Adelinas überschäumender Empörung hinweggefegt. Das sei ja nun wirklich der Gipfel, mich kaufen zu wollen, das sei sogar ein echter Angriff auf meine Ehre, den ich mir nicht gefallen lassen dürfe.

Ich beschloss, keinen Gedanken mehr daran zu verschwenden, der Versuchung vielleicht doch noch nachzugeben, denn das hätte unweigerlich bedeutet, dass Adelina und ich geschiedene Leute geworden wären. Stattdessen formulierte ich eine Antwort, die in einem Satz unmissverständlich klarstellte, ich sei nicht käuflich, und sandte dann Kaufangebot und Absage zusammen an den Rest des Krisenstabs. Kurz danach erhielt ich von dort einen Anruf. Man habe den Weg meines letzten Mails jetzt tatsächlich bis zum Schluss nachverfolgen können. Gelandet sei das Mail allerdings auf einem nicht registrierten Smartphone, das mit einer im Voraus bezahlten Karte arbeite. Ich sagte dem Polizeibeamten natürlich nicht, dass der Hackerkreis um Adelina keine fünf Minuten zuvor dasselbe herausgefunden hatte. Dass die durchorganisierte digitale Polizei in fast der gleichen Zeit zum selben Ergebnis gekommen war wie der chaotische Haufen im Netz, war zwar eine hübsche Anekdote. Weiter half es jedoch niemandem. Das anonyme Handy war sicher längst entsorgt und liess sich nicht mehr orten. Noch immer waren uns Appis Entführer überlegen.

Fertig Meistersinger

Allmählich machte er sich Sorgen. Am meisten über sich selbst. Dass beides in seinem Leben eine Neuigkeit war, machte diese Sorgen nicht geringer. Auch die Ouvertüre zu Richard Wagners Meistersingern, die in voller Lautstärke aus edelsten Lautsprecherboxen erklang, vermochte diesmal nicht, ihm kraftvollere Gefühle zu schenken. Dabei hatte sie das bisher immer geschafft, wenn er mal wieder seelisch auftanken musste. In für Wagner'sche Verhältnisse ungewohnt klarer und geordneter Weise beschwor diese Musik eine Welt der Traditionen herauf, beseelt von einem höheren Auftrag und tiefen moralischen Werten. Natürlich hat es auch in dieser Ouvertüre die eine oder andere gefühlsmässige Abirrung, doch stets kehrt die Musik zu festen Prinzipien zurück, jenen Prinzipien, denen auch er sein Leben gewidmet hatte. So hatte er ein Leben lang diese Klänge gehört, und jedes Mal hatten sie ihm Zuversicht und Kraft geschenkt.

Davon war jetzt nichts zu spüren. Vielleicht waren seine Sorgen einfach zu stark. Gründe dafür gab es ja genug. Da war dieser Fehler gewesen, den Eugster kaufen zu wollen. Dabei hätte er doch voraussehen können, dass diesen sein Angebot im doppelten Wortsinne reizen müsste. Zunächst würde ihn die Verlockung tatsächlich reizen, aber nur für einen Moment, und dann würde er sich gereizt fühlen, weil man ihn für käuflich hielt. Und genau so war es ja auch gekommen. Sein ohnehin respektabler Gegner war im gereizten Zustand noch gefährlicher geworden. Und das hätte er mit einem behutsameren Vorgehen vermeiden können.

Beunruhigend daran war, dass er einem sentimentalen Gefühl aufgesessen war. In dem kurzen Mailwechsel mit Eugster über seine Thesen zur Orientierung in der Zeit hatte er so etwas wie Geistesverwandtschaft verspürt, und da ein Austausch auf dieser Ebene für ihn äusserst selten geworden war, hatte er der Versuchung nachgegeben, diese Beziehung vor ihrer Zeit zu forcieren. So etwas wäre ihm in besseren Zeiten nie passiert.

Sorgen machte er sich aber auch, weil ihm beim Angebot an diesen

Franz Eugster, das ja als Gegenleistung die Unterstützung bei der anonymen Rückgabe von Appi beinhaltete, aufgefallen war, dass er das Ende der Aktion nie wirklich geplant hatte. Alles war minutiös vorbereitet gewesen, nur darüber, was genau geschehen solle, wenn er mit seinen Forderungen Erfolg hätte und die Gletscherleiche also zurückgeben müsse, hatte er nie wirklich gründlich nachgedacht.

Er konnte, hatte er sich beschwichtigt, ja auch wirklich nicht ernsthaft damit rechnen, dass all seine Forderungen erfüllt wurden. Immerhin aber hatte er dann den Hauptzweck der Aktion, die Geschichte der P-26 wenigstens wieder ins Gespräch zu bringen, erreicht und konnte sich immer noch überlegen, was er jetzt mit der Entführten machen wolle.

Viel schlimmer war, dass er sich seit jener Entdeckung mehr und mehr hatte zugestehen müssen, dass er den Erfolg seiner Aktion nie wirklich gewollt hatte. Denn das hätte ja bedeutet, Appi zurückgeben zu müssen. Und das war, wie er jetzt überdeutlich spürte, so ungefähr das Letzte, was er wollte.

Lange hatte er sich selbst, und auch dem treuen Heini, weismachen können, die Entführung von Appi sei nichts als ein Mittel, um den hehren Zweck der Wiederherstellung der Ehre von P-26 zu erreichen. Jetzt wusste er es besser. Appi war von Anfang an nicht Mittel gewesen, sondern der eigentliche Zweck.

Seit er das Bild von Appi im Eis, das Eugster damals am Fundort gemacht hatte und das durch die Weltpresse gegangen war, gesehen hatte, war es um ihn geschehen gewesen. Er musste sie besitzen, so wie er seine Gemälde und Skulpturen besass, ganz allein. Und das hatte er geschafft.

Er erhob sich aus seinem Sessel, der ihm zu einer zweiten Haut geworden war, ging die paar Schritte zum gläsernen Sarg und betrachtete Appi einmal mehr versunken. Dieser friedliche Ausdruck auf ihrem Gesicht, das von gelebtem Leben mit Höhen und Tiefen erzählt und doch eine jugendliche Unschuld bewahrt hat! Und diese zugleich so kraftvolle und unendlich verletzliche Gestalt! Ja, es war nicht mehr zu leugnen. Er hatte sich in eine tote Frau verliebt.

Die Meistersinger-Ouvertüre war verklungen. Stattdessen hatte der

Zufallsgenerator aus Wagners Werk jetzt den Schluss von «Tristan und Isolde», also Isoldes Liebestod, ausgewählt. Seine längst verstorbene Frau hatte diese Musik sehr gemocht und sie einmal als vertonten weiblichen Orgasmus bezeichnet, doch ihm war sie immer viel zu gefühlig vorgekommen, zu sehr zerfliessend, mit zu wenig klaren Strukturen.

Jetzt aber hätte er keine Musik zu nennen gewusst, die besser zu seinem Gemütszustand gepasst hätte. Die darin ausgedrückte tiefe Sehnsucht nach Verschmelzung war genau das, was er jetzt empfand, und ebenso die Hoffnungslosigkeit, diese Sehnsucht in diesem Leben stillen zu können. Nein, wie Tristan und Isolde würden Appi und er erst im Tod vereint sein.

Über sein näher rückendes Ende empfand er kein Bedauern. Er hatte sein Leben gelebt, und auf Altersgebresten und Siechtum konnte er gut verzichten. Aber noch war es nicht ganz so weit. Ein Weilchen wollte er sein Spiel noch weiterspielen. Nach seinen Regeln. Hatte ja bisher ganz gut geklappt. Die Tatsache zum Beispiel, dass es Heini offiziell gar nicht gab und er deswegen auf keinem Suchradar auftauchen konnte, würde seine Gegner noch ein Weilchen verwirren.

Seufzend wandte er sich der altmodischen Klingel zu, mit der er Heini noch immer zu rufen pflegte. Die Zeit war gekommen, die letzte Forderung zu stellen, die erfüllt sein musste, um Appi zurückzugeben. Er wusste natürlich, dass die Chancen dafür gegen null gingen. Eine Weile hatte er sich überlegt, die Forderung nach einem Denkmal für die Geheimorganisation P-26 offener und weicher zu formulieren. Dann, als er realisiert hatte, dass er gar keinen Erfolg wollte, hatte er sich für die konsequente Forderung entschieden. Zwar genügte sein Entwurf auch seinen eigenen Massstäben nicht im Geringsten, schliesslich war er nicht ohne Grund Kunstsammler und nicht Künstler geworden. Doch das war genau der richtige Weg, wenn er wollte, dass die Forderung abgelehnt würde und er so endlich für immer mit Appi vereint sein konnte.

Als Heini den Raum betrat, verklangen gerade die letzten Töne von Isoldes Liebestod, unendlich traurig und zugleich unendlich versöhnt.

Endspiel

Diesmal war Adelina zu Hause, als die Forderung eintraf. Sie warf nur einen Blick auf den Text und dann etwas ausführlicher auf das beigefügte Skulpturenmodell in 3-D, um dann kategorisch zu erklären, nur über ihre Leiche würde diese Forderung erfüllt. Ich fand das zwar angesichts der Umstände eine etwas makabre Formulierung, kam jedoch nicht umhin, sie zu verstehen. Schliesslich hatte sie einen angeborenen und dann weiterentwickelten guten Geschmack. Einen deutlich besseren als ich jedenfalls, doch selbst mir war klar, dass wir eine ausgesprochene Geschmacksverstauchung vor uns hatten.

Ultimativ teilten die Entführer mit, sie sähen sich gezwungen, die Gletscherleiche zu zerstören, wenn nicht innerhalb von zwei Monaten mitten auf dem Bundesplatz in Bern ein Denkmal für die P-26 errichtet würde, und zwar nicht irgendeines, sondern genau das eigens entworfene, von dem man ein 3-D-Modell beifüge. Während dieser Frist würde man sich nicht mehr melden, den Fortgang der Ereignisse jedoch sorgfältig beobachten.

Auch dem sofort benachrichtigten Krisenstab war augenblicklich klar, dass diese Forderung nun wirklich zu weit ging. Erstens errichtete die offizielle Schweiz schon lange keine Denkmäler mehr. Zweitens hatte man den Bundesplatz sicher nicht erst vor wenigen Jahren mühsam leer geräumt, um ihn jetzt mit einem Denkmal wieder zu verschandeln. Und drittens war das vorgesehene Denkmal schlicht eine Scheusslichkeit.

Ja gut, wenn der Entwurf wirklich von Jeff Koons gewesen wäre, dem er offenkundig nachempfunden war … Dann wäre es zweckfreie Kunst gewesen und nicht plumpe Propaganda. Dieses zweieinhalb Meter hohe Herz im metallischen Rot der Schweizer Fahne. Und dieser schneeweisse Pfeil, der das

Herz von links durchbohrte, versehen nur mit der dezenten schwarzen Beschriftung «Im Gedenken an die P-26».

Kein Wunder, höhnten die Medien, denen der Denkmalentwurf ohne zu zögern zugestellt worden war, gemeinsam mit ihren Nutzern in hämischen Tönen. Unterstes Niveau sei das, weil höchster Kitsch, wurde argumentiert; und es wäre eine Schande für die Schweiz, wenn dieses Denkmal tatsächlich leibhaftig errichtet würde. Nur einige Leserbriefe im «Blick» wetterten gegen die selbst ernannten Kunstpäpste und fanden, für den normalen Geschmack des Volkes sei die vorgesehene Skulptur durchaus geeignet, auch wenn man sie vielleicht doch nicht gleich auf dem Bundesplatz aufstellen müsse.

So gross war die fast allgemeine Empörung, dass kaum noch jemand daran dachte, was die zu erwartende Ablehnung der Forderung der Entführer für Appi bedeutete: ihr unvermeidlich näher rückendes Ende. Das ja in ihrem Fall ein zweites Mal eintreten würde, diesmal vermutlich in endgültiger Form. Nur im Krisenstab und zwischen Adelina und mir war man sich der Situation bewusst: Appi konnte jetzt nur noch gerettet werden, wenn man die Entführer aufspürte. Dumm war nur, dass niemand wusste, wie das geschehen könnte.

Ein paar Tage später erschien die Lage weniger düster. Adelinas Netz von Hackern und Computer-Freaks überall auf der Welt hatte es geschafft. Diesmal deutlich vor den Profis, die der Polizei zur Verfügung standen. Wieder einmal staunte ich darüber, was ein solches Netz mit unbezahlter Arbeit gemeinsam zustande bringen kann. Ich kannte das wegen zweier Softwarepakete, die ich selbst unentgeltlich nutzen konnte. In beiden Fällen hatte das Prinzip der offenen Quellen, bei dem alle interessierten Programmierer ihren Beitrag zur Optimierung leisten können, zu bemerkenswerten Ergebnissen geführt.

So war es auch jetzt gewesen, als es darum ging, die Software zu knacken, mit welcher der Hintergrund des ersten Bildes von Appi in der Hand ihrer Entführer verwischt worden war. Man war sich in Adelinas Netzwerk einig, dass es sich dabei um eine geniale Einzelleistung handelte, stellte jedoch auch mit Genugtuung fest, dass sich die kollektive Intelligenz des Netzes auf Dauer immer gegen das einzelne Genie durchsetze. So wie diesmal.

Weil das Bild von Anfang an nicht allzu hochauflösend gewesen war, liess sich natürlich auch jetzt in der Rekonstruktion nicht jedes Detail wiederherstellen. Sichtbar wurde zunächst, dass an den Wänden des Raums, in dem Appi in ihrem Glasbehälter aufgebahrt war, Gemälde in kostbaren Rahmen hingen. Und im Raum selbst standen vereinzelte Skulpturen herum. Adelinas Freunde hatten keinen Aufwand gescheut, um auch noch das letzte Pixel wieder sichtbar zu machen. Und das hatte immerhin dazu geführt, dass zwei Gemälde und eine Skulptur so deutlich abgebildet werden konnten, dass eine Identifizierung möglich erschien.

Die Polizei war zwar zunächst etwas pikiert darüber, dass die blutigen Amateure aus dem Netz schneller und besser gearbeitet hatten als die eigenen Spezialisten, setzte dann aber doch ihren ganzen Apparat in Bewegung, um herauszufinden, um welche Bilder es sich handelte – und wem sie allenfalls gehörten. Aufgrund der fehlenden Bildqualität ergab die Recherche natürlich keine abschliessend sicheren Ergebnisse. Immerhin liess sich mit hoher Wahrscheinlichkeit sagen, dass es sich um je ein Bild von Albert Anker und Ferdinand Hodler handelte sowie um eine Skulptur von Alberto Giacometti.

Vielleicht sei es ja Zufall, befand der eilends zusammengetrommelte Krisenstab, dass es sich bei allen drei Künstlern um Schweizer handle, doch vielleicht sei das auch ein Hinweis auf den Sammler, der offenbar Wert auf Schweizer Qualität lege. Immerhin hatten Hodler und Giacometti längst ihren Platz in der internationalen Kunstgeschichte gefunden. Anker dagegen gilt als Verkörperung typisch schweizerischer Sehnsüchte nach der guten alten Zeit, ein Ruf, der dadurch gefördert wurde, dass SVP-Übervater Christoph Blocher die Bilder von Anker in rauen Mengen zusammenkaufte.

Viel interessanter war, dass alle drei Werke zwar bekannt waren, aber seit Jahrzehnten als verschollen galten. Ihre Spur verlor sich jeweils bei einem verschwiegenen Kunsthändler oder bei einer Auktion, an welcher ein unbekannter Bieter erfolgreich gewesen war. Da der Kunstwelt jedoch eine gewisse Geschwätzigkeit zu eigen ist, gab es durchaus Mutmassungen und Gerüchte über den Verbleib dieser Werke. Von einigen wilden Spekulationen abgesehen verwiesen all diese Hinweise auf denselben Namen: Kurt Schuhmacher.

Das Entsetzen bei den honorigen Amtsträgern im Krisenstab war gross. Ausgerechnet einer der ihren aus dem überschaubaren Kreis der unbestrittenen Ostschweizer Elite sollte nicht nur heimlich Kunstschätze gehortet haben, die eigentlich der Öffentlichkeit zugänglich sein sollten, sondern auch kriminelle Taten wie Leichenentführung und Erpressung begangen haben? Das konnte und durfte einfach nicht wahr sein. Erst als fleissige Polizeibeamte durch viele diskrete Befragungen in der Nachbarschaft Steinchen um Steinchen zu einem ganzen Mosaik zusammengetragen hatten, war der Verdacht so erhärtet, dass ihn auch die Herren Regierungsräte und Polizeichefs nicht mehr länger ignorieren konnten.

Um mir ein erstes Bild von Kurt Schuhmacher zu verschaffen, brauchte ich die ausgefeilten Recherchierkünste von Adelina nicht, das konnte sogar ich. Schuhmacher, jetzt siebenundsiebzig Jahre alt, war bekannt geworden als Industriepionier im St. Galler Rheintal. Von seinem Vater hatte er einen kleinen Handwerksbetrieb geerbt und diesen zu einem Weltkonzern ausgebaut. Hergestellt wurden kleine, aber feine multifunktionale Bestandteile für alles Mögliche, zunächst mechanische, dann immer mehr auch elektronische.

Man hatte schon lange gemunkelt, dass sich dieses «alles Mögliche» vor allem auf Waffensysteme aller Art bezog. Kurt Schuhmacher selbst hatte nie ein Hehl daraus gemacht, dass zu seinen Abnehmern auch Waffenfabrikanten gehörten. Doch da der Export von Rüstungsgütern schon lange einen nicht

ganz unwesentlichen Beitrag zum Reichtum der Schweiz geleistet hatte, störte das lange niemanden. Mit dem Argument,
nicht Waffen würden Menschen töten, sondern Menschen, für
deren Untaten man nun wirklich nichts könne, liess sich jederzeit ein moralisches Mäntelchen über dieses Tun ausbreiten.
Schliesslich liegt einem das Hemd einheimischer Arbeitsplätze
allemal näher als der Rock ferner Kriege, das ist nun einmal
menschlich …

Kurt Schuhmacher jedenfalls hatte im Rheintal als Held gegolten, als erfolgreicher Unternehmer, der als Patron alter Schule
seine Mitarbeiter streng, aber gerecht behandelte und auch mal
ganz handfest half, wenn die Not zu gross wurde. Und obwohl
er das väterliche Haus am Rebhang zu einer prachtvollen Villa
ausbauen liess, galt er keineswegs als abgehoben und elitär,
sondern im Gegenteil als volksverbunden und zugewandt. Im
Dorfleben war er aktiv, und bei aller ihm sonst zugeschriebe-
nen Sparsamkeit war er den Vereinen gegenüber, die ihn um
Spenden baten, immer von ausgesprochener Grosszügigkeit.
   Neben seiner unternehmerischen Tätigkeit hatte Schuhmacher auch in der Armee Karriere gemacht und es bis zum
Oberst im Generalstab gebracht. Politisch aktiv war er nicht
gewesen, doch hatte er nie ein Hehl aus seiner bürgerlich-
konservativen Gesinnung gemacht, sei es anlässlich eines mit
ihm geführten Interviews in der Wirtschafts- oder Lokalpresse
oder sei es in einer seiner Reden zum Schweizer Nationalfei-
ertag am 1. August, zu denen er sich in den Dörfern seiner
Umgebung nie lange bitten liess.
   Einen kleinen Schaden hatte sein bislang untadeliger Ruf
genommen, als er, vor bald zwanzig Jahren, sein Unternehmen verkauft hatte, und zwar ausgerechnet an eine globale
Rüstungsfirma. Da deswegen die Arbeitsplätze in der Region
nicht abgebaut wurden, sondern im Gegenteil wuchsen, sah
man ihm das bald nach, zumal man Verständnis dafür hatte,
dass er, der vor geraumer Zeit seine Frau verloren und keine
Kinder hatte, sich neuen Ufern zuwenden wollte.

Damit war, wie sich bald herausstellte, kein Ortswechsel gemeint, denn Schuhmacher blieb in seiner Villa im Rebberg. Dort lebte er fortan allein, nicht einmal eine Haushaltshilfe beschäftigte er. Was, wie die polizeilichen Befragungen ergaben, natürlich zu allerlei Ratsch und Tratsch geführt hatte. Manche führten seine eigene Haushaltsführung auf überbordenden Geiz zurück, andere sprachen von unbändigem Willen zur völligen Unabhängigkeit. Angesichts seiner unbestreitbaren Verdienste um die Region behelligte man ihn selbst jedoch nicht mit solchen Spekulationen, wenn er, der jetzt ein zurückgezogenes Leben lebte, doch wieder einmal in der Öffentlichkeit auftauchte, sei es in seiner wöchentlichen Jassrunde oder sei es, selten genug, an einer kulturellen Veranstaltung.

Falls sich jemand übrigens Sorgen darum gemacht hätte, ob Schuhmacher allein überhaupt in der Lage sei, seinen Haushalt zu führen, so wären diese jeweils schnell zerstreut worden. Am Stammtisch in der Wirtschaft wussten Handwerker und Lieferanten, die Zugang zur Villa hatten, übereinstimmend zu berichten, diese mache einen sauberen und aufgeräumten Eindruck. Und wer Schuhmacher auf seinen Einkaufstouren im Dorf oder gelegentlichen Spaziergängen sah, hatte einen fitten und keineswegs an Mangelernährung zu leiden scheinenden Mann vor sich. Erstaunlich schien es zwar allemal, dass ein Mann aus seiner Generation einen solchen Haushalt allein führen konnte, doch letztlich war das ja seine Sache.

Nur einmal, als zufällig der Besitzer des Dorfladens, bei dem Schuhmacher einkaufte, und einige Lieferanten, die schwerere Lebens- und Genussmittel direkt zur Villa brachten, zusammensassen, war kurzzeitig ein Gerücht entstanden. Die Runde hatte nämlich herausgefunden, dass die Einkäufe deutlich über den Bedarf einer einzigen Person hinausgingen und eher für zwei reichten. Man vermutete eine heimlich versteckte Geliebte oder – weil sich unter den Einkäufen und Lieferungen so gar nichts spezifisch Weibliches befand – gar einen heimlichen Geliebten. Doch weil nie jemand etwas Entsprechendes sah, verliefen auch diese Spekulationen im Sande.

Dass Schuhmacher neben seiner hemdsärmeligen und volkstümlichen Seite auch eine ausgesprochen kunstsinnige hatte, war allgemein bekannt. Einmal hatte er seinem eigenen Unternehmen einen echten Hodler geschenkt, und auch sonst förderte er das Kunstschaffen grosszügig. Seine Äusserungen und sein Verhalten hatten nie einen Zweifel an seinem demokratischen Kunstverständnis aufkommen lassen: Kunstwerke gehören nicht in private Sammlungen, sondern müssen für alle Interessierten und Liebhaber zugänglich sein.

Dass Kurt Schuhmacher auch eine philosophische Ader hatte, gerne über grundsätzliche Fragen des Lebens grübelte und bei Bedarf auch elegante und geschliffene Formulierungen produzieren konnte, mit denen seine Arbeiter vermutlich wenig anzufangen wussten, war nur einem engeren Kreis von Freunden bekannt. Diese Erkenntnis verdankte der Krisenstab jenem St. Galler Regierungsrat, der in Schuhmachers Jassrunde dabei war. Er war in dieser Eigenschaft behutsam über Schuhmacher befragt worden und hatte sich dabei erinnert, dass er in der Jassrunde die Zusammensetzung des Krisenstabs ausgeplaudert hatte, worüber er sich jetzt fürchterlich grämte.

Allerdings erst nachdem ihm klargemacht worden war, wie sehr mittlerweile alles auf Schuhmacher als Entführer von Appi hindeutete. Die Polizei hatte unterdessen die alten Unterlagen zum Umbau der Villa aufgestöbert, und dort fand sich der Plan eines unterirdischen Luftschutzbunkers, dessen Ausmasse haargenau jenen des Raumes entsprachen, der auf dem Bild mit Appis Kühlsarg zu sehen war. Die Hinweise aus der Welt des Kunsthandels, wonach Schuhmacher der Käufer der verschollenen Werke sein musste, hatten sich unterdessen verdichtet. Die Sprachexpertin hatte gemeldet, das Manifest stimme mit ziemlich hoher Wahrscheinlichkeit mit früheren Texten Schuhmachers überein, sei also vermutlich von ihm geschrieben worden. Und auch sonst entspreche sein Profil weitgehend jenem des gesuchten Täters.

Dass Schuhmacher die ganze Aktion nicht allein hatte durchziehen können, war klar. Deshalb ging man schliesslich den Hinweisen auf einen zweiten, verborgenen Mann in der Villa nach. Es stellte sich heraus, dass Schuhmacher früher einen engen Getreuen gehabt hatte, den er eines Tages selbst als verschollen gemeldet hatte. Der Mann hiess Heini Müller, war ein ausgesprochenes Technik-Genie, jedoch mit so minimalen sozialen Fähigkeiten ausgestattet, dass er für die Firma untragbar geworden war und fortan als eine Art persönliches Faktotum für Schuhmacher gearbeitet hatte. Bis zu seinem Verschwinden, das nach Ablauf der vorgeschriebenen Frist offiziell bestätigt worden war. Mit diesem Mann an seiner Seite, gäbe es ihn denn noch, wofür einiges sprach, wäre Schuhmacher zu allem fähig gewesen, was es für die Entführung gebraucht hatte.

Der oberste Staatsanwalt des Kantons St. Gallen liess sich trotz all dieser Verdachtsmomente nicht dazu erweichen, einen Durchsuchungsbefehl für Schuhmachers Villa auszustellen. Ihm fehlten dazu die handfesten Beweise. Zudem sei die Verbindung zwischen Kurt Schuhmacher und der P-26 völlig ungeklärt, und wenn es keine solche Verbindung gäbe, sei der Verdacht ohnehin haltlos. Dem Krisenstab blieb nichts anderes übrig, als diesen Entscheid zähneknirschend zur Kenntnis zu nehmen und darauf zu hoffen, dass bald zusätzliche Erkenntnisse auftauchten.

***

Matthias Kurz war, wenn ich mich richtig erinnerte, zwölf Jahre älter als ich, also jetzt auch schon deutlich über siebzig. Als ich damals so um das Jahr 1980 herum bei den Schaffhauser Sozialdemokraten das gewesen war, was man in späteren Würdigungen als Senkrechtstarter bezeichnet hatte, hatte er bei den Parteigenossen in St. Gallen längst Kariere gemacht und sass als Nationalrat in der grossen Kammer des Schweizer Parlaments. Hauptberuflich war er Professor für internationales Recht an der Hochschule St. Gallen, ein brillanter Kopf mit grossem Ansehen.

Da mich mein Weg schnell auch in die nationalen Gremien der Partei geführt hatte, wo Kurz ohnehin schon sass, hatten wir uns kennen- und schnell schätzen gelernt. Auch wenn er schon etabliert und ich noch der junge Heisssporn war, dachten wir doch in vielen Bereichen ähnlich. Dazu kam, dass man damals als Studierter bei den Sozialdemokraten eher zu den Exoten gehörte, was uns zusätzlich verband.

Es stellte sich heraus, dass die Schubkraft meiner politischen Rakete nicht ausreichte, um mich in die wirklichen Höhen hinaufzukatapultieren, und der Kontakt zu Matthias Kurz schlief leider ein. Jahre später verschwand auch er von der politischen Bildfläche. Und zwar Knall auf Fall und weit weg. Ob es nun Querelen mit der eigenen Partei gewesen waren oder private Probleme oder eine allgemeine Midlife-Crisis, wurde nie restlos geklärt. Tatsache blieb, dass Kurz nach Thailand ausgewandert war, dort ein erfolgreiches Geschäft mit biologischem Hibiskustee gegründet hatte und mit einer einheimischen Frau zusammenlebte, die ihm eine ganze Kinderschar geschenkt hatte.

Das alles war jetzt viele Jahre her, und ich dachte nur noch selten an Matthias, von dem ich seither nichts Neues gehört hatte, doch wenn, dann immer mit einem leisen Bedauern darüber, dass eine hoffnungsvoll begonnene Freundschaft ein so jähes Ende gefunden hatte. Umso erstaunter war ich, dass ich nur wenige Tage nach dem ablehnenden Entscheid des Staatsanwalts von ebendiesem Matthias Kurz ein Mail erhielt, in dem er mitteilte, er sei für kurze Zeit in der Schweiz und würde mich gerne besuchen.

Die letzten Schritte hinauf zu meinem Häuschen durch den immer noch dicht fallenden Neuschnee schienen ihm schwerzufallen. Tatsächlich gestand er mir, nachdem wir, wie es sich für eine solche Begegnung gehört, ausgiebig die alten Zeiten beschworen hatten, er sei ziemlich krank und hätte wohl nicht mehr lange zu leben. Und deshalb wolle er mir jetzt etwas erzählen, was bisher niemand gewusst habe.

Er hätte zwar im fernen Thailand dank des Internets schon von der Entdeckung und Entführung der Gletscherleiche Appi gehört, aber das sei damals für ihn sehr weit weg gewesen. Erst als er jetzt zur Erledigung einiger letzter Angelegenheiten wieder in die Schweiz gekommen sei, habe er sich wohl oder übel – schliesslich gebe es in den Medien kaum mehr ein anderes Thema – näher mit der Geschichte befasst. Dabei habe er erfahren, dass sein alter Kumpel Franz Eugster mehrfach mit der Sache zu tun habe, einerseits als Leichenfinder und andererseits als Mitglied des Krisenstabs, was mittlerweile ein offenes Geheimnis war. Das habe ihn zum Besuch bei mir animiert.

Zudem sei er mit der Vermutung konfrontiert worden, ein ehemaliges Mitglied der P-26 stecke hinter der Entführung. Und da sei ihm nun ein Verdacht gekommen, von dem ich wissen müsse. Er habe ja keine Ahnung, ob wir schon eine konkrete Person im Visier hätten (tatsächlich waren die Ermittlungsergebnisse bisher erfolgreich streng geheim gehalten worden), doch er wisse jemanden, auf den das Suchprofil passe – und der tatsächlich bei P-26 dabei gewesen war.

Mein Gehirn schaltete rasch. Das konnte Matthias Kurz nur wissen, wenn er selbst Mitglied gewesen war. Genau das war denn auch der Gegenstand seiner Beichte. Wie andere prominente Sozialdemokraten hatte auch er in einem Gewissenskonflikt gestanden. Einerseits gab es die berechtigte Kritik der Linken an der Armee. Diese war ein verkrusteter Haufen mit teilweise reaktionärer Gesinnung und dazu ein Machtfaktor fest in bürgerlicher Hand. Andererseits führte eine unvoreingenommene Analyse der weltpolitischen Lage unweigerlich zum Schluss, dass eine Bedrohung durch die Armeen des Warschauer Pakts keineswegs auszuschliessen war. Und auf eine solche Bedrohung musste sich eine verantwortungsbewusste

Schweizer Politik einstellen. Mit einer sorgfältigen Planung jeder Eventualität.

So hatte Matthias Kurz abgewogen, als ihn die Anfrage erreichte, bei der P-26 mitzuwirken, und er hatte sich für die Vernunft entschieden. Ein bisschen geschmeichelt sei er schon auch gewesen, gestand er, und etwas Pfadfinderromantik hätte vermutlich mitgewirkt. Jedenfalls sei, aus damaliger wie aus heutiger Sicht, nichts Ehrenrühriges dabei gewesen, und so könne er immer noch zu seinem Entscheid stehen.

Allerdings, fuhr er fort, sei ihm die Freude an dieser neuen Rolle die ganze Zeit über vergällt geworden. Durch ein anderes Mitglied in seiner kleinen, nur vierköpfigen lokalen Zelle. Dieser Typ, ein erfolgreicher Rheintaler Industrieller in mittleren Jahren, habe sich von Anfang an als Boss aufgespielt, der er formal gar nicht war. Das allein sei unangenehm genug gewesen. Noch schlimmer allerdings wäre der Fanatismus dieser Person gewesen. Der Kerl habe richtiggehend vor Begeisterung geglüht, wenn er seine Reden über Vaterlandsverteidigung und Bewahrung von Unabhängigkeit und Ehre der Heimat geschwungen habe. Natürlich hätten alle Mitglieder der Zelle gewisse patriotische Gefühle gespürt, sonst hätte man diese drögen Ausbildungskurse gar nicht ausgehalten, doch das hätte jedes Mass überschritten. Sie, die anderen Mitglieder der Zelle, hätten diesen patriotischen Überschwang damals als unvermeidliche Marotte eines Obersten im Generalstab entschuldigt, etwas anderes sei ihnen auch gar nicht übrig geblieben.

Für ihn, Matthias Kurz, sei die erzwungene Auflösung der P-26 nicht zuletzt deshalb ein Glück gewesen, aber offenbar nicht für alle. Er habe nämlich kurze Zeit danach die besagte Person wiedergetroffen, bei einer Veranstaltung, auf dem Herrenklo. Dort habe dieser sofort begonnen, über das unrühmliche Ende ihrer Geheimorganisation loszuschimpfen, und er sei dabei richtiggehend in Fahrt geraten und vor Wut rot angelaufen, er, der allenthalben dafür bekannt war, immer einen kühlen Kopf zu behalten. Erst als ein dritter Mann die Toilette betrat, habe er sich beruhigt und sei dann wortlos weggelaufen.

Da Kurz selbst bald darauf auswanderte, hatte er die Geschichte weitgehend vergessen, ehe er lange Jahre später erneut auf seinen ehemaligen Mitverschwörer traf. Auf einer seiner gelegentlichen Schweiz-Reisen hatte er diesen auf einer Kunstausstellung getroffen, die kurze Zeit nach der Ausstrahlung des Fernsehfilms über die P-26 eröffnet wurde. Und wieder habe dieser gleich mit ziemlich erregter Stimme geschimpft, dieser Film sei keineswegs eine Rehabilitation, ja, weil als Dokumentation getarnt, vielleicht noch schlimmer als der Film «Beresina oder Die letzten Tage der Schweiz» von Daniel Schmid aus dem Jahr 1999, denn dort habe man immerhin eindeutig erkennen können, dass es sich um eine Satire handle. Die Ehre der P-26 bliebe beschmutzt, doch das werde sich eines Tages ändern, man werde schon sehen.

Immerhin sei diese Person den alten Geheimhaltungsvorschriften insofern treu geblieben, als sie ihre Tirade unter vier Augen losgelassen habe, sodass es keine Ohrenzeugen gab. Anderenfalls hätten diese wohl ziemlich gestaunt über die völlig neuen Seiten einer ihnen wohlbekannten Respektsperson.

Obwohl er, Matthias, gehört habe, dieser Mann würde nach wie vor als Respektsperson wahrgenommen und behandelt, müsse er mir jetzt den Namen verraten, sonst hätte er kein ruhiges Gewissen mehr. Auf uralte Geheimhaltungsvorschriften könne er jetzt in seiner Lage keine Rücksicht mehr nehmen, schliesslich ginge es um die Aufdeckung eines Verbrechens.

Für einen begründeten Verdacht gebe es übrigens noch einen triftigen Grund: Besagter Herr sei nämlich als glühender Rheintaler Lokalpatriot bekannt. Und ein solcher hat gegenüber allem Appenzellischen ein nicht ganz unproblematisches Verhältnis – was übrigens auch umgekehrt gilt. Das Appenzellerland war einst auch vom Rheintal her besiedelt worden, und als sich die Appenzeller da oben unabhängig machten, musste das da unten als Verlust empfunden werden.

Überhaupt unten und oben. Jedermann ist lieber oben, nicht zuletzt, weil man von da so schön auf die da unten hinabgucken kann, am liebsten mit einem leicht überheblichen Gesichtsausdruck. So jedenfalls empfanden es laut Matthias, der selbst aus der Gegend stammte, die Rheintaler, und die sassen nun mal unten und die Appenzeller direkt darüber oben.

Seiner Verdachtsperson könnte diese Empfindung besonders eingefahren sein, lebe er doch in seiner Villa mitten in einem Rebhang, der weiter oben direkt appenzellisch würde. Für eine leicht paranoide Person könnte die Empfindung, im Rücken weiter oben immer irgendwelche Appenzeller zu wissen, die überheblich ins Rheintal hinunterschauen, durchaus störend gewesen sein. Was, in Konsequenz, zu einer tiefen Befriedigung darüber geführt haben müsse, den ungeliebten Appenzellern etwas Kostbares geklaut zu haben.

Bevor sich Matthias noch weiter in den luftigen Höhen lokalpatriotischer Populärpsychologie versteigen konnte, bremste ich ihn, indem ich ihn bat, endlich den Namen jener Person zu nennen, der er Appis Entführung zutraute. Was er denn auch tat: Kurt Schuhmacher.

Es war nicht schwer, ihn davon zu überzeugen, seine Beobachtungen und den daraus abgeleiteten Verdacht auch den offiziell zuständigen Stellen mitzuteilen. Mit dem von einer früher weiterum als ehrenhaft betrachteten Person des öffentlichen Lebens unterschriebenen Zeugenprotokoll in der Hand war es nun für den St. Galler Polizeichef ein Leichtes, den ersehnten Durchsuchungsbeschluss für Schuhmachers Villa zu erwirken.

★★★

Weil ich keinem Korps angehörte, durfte ich an der im winterlichen Morgengrauen angesetzten Polizeiaktion natürlich nicht direkt dabei sein. Gnädigerweise hatte man mir einen Beobachtungsposten ausserhalb des Zauns der Villa zugewiesen, weitab vom Schuss, aber doch irgendwie dabei. Ganz allein übrigens fror ich an meinem Platz. Erstaunlicherweise hatte kein Reporter von der geplanten Aktion Wind bekommen, die nun vor meinen fernglasverstärkten Augen ablief.

Ungefähr zwei Dutzend schwer bewaffnete Gestalten in voller schwarzer Kampfmontur und mit schweren Stiefeln an den Füssen hatten sich der Villa von allen Seiten genähert und bildeten nun einen dunklen Kreis im hellen Schnee, von dem die durch die morgendliche Kälte verursachten Hauchschwaden aus den offenen Mündern der Männer senkrecht hochstiegen, um weiter oben einen Ring aus Dampf zu bilden, der mich an einen gut geblasenen Rauchkringel aus einer Zigarre erinnerte.

In gebührender Distanz hatte sich der Polizeichef höchstpersönlich hinter einer schusssicheren Deckung aufgebaut und sandte nun, durch ein Megafon verstärkt, in Richtung Villa die geflügelten Worte von «umstellt sein» und «mit hoch erhobenen Händen rauskommen» und einer Frist von fünf Minuten.

Fünf Minuten, in denen gar nichts geschieht, können lang sein. Dann waren sie vorbei, und der Polizeichef verkündete den allfälligen Bewohnern der Villa wieder per Megafon, nun würde das Haus gestürmt. Wieder keine Reaktion.

Die Streitmacht bewegte sich langsam und vorsichtig auf die Villa zu, als von dort ein unzweideutiges Geräusch zu hören war. Oder besser zwei Geräusche. Zwei kurz hintereinander abgefeuerte Schüsse. Gedämpft zwar, wie durch eine dicke Betondecke geschluckt, aber selbst für mich Waffenbanausen deutlich zu identifizieren.

Von meinem Beobachtungsposten aus konnte ich sehen, wie die Männer in Kampfmontur die Villa stürmten, und hören, wie sie bald danach meldeten, in der Villa selbst sei niemand gewesen, aber man habe einen gut gesicherten Zugang zu den vermuteten unterirdischen Räumen entdeckt und brauche jetzt Spezialisten, um diesen Zugang zu öffnen. Dann hatte ich genug gesehen und fuhr mit dem Regionalexpress nach St. Gallen, wo die nächste Sitzung des Krisenstabs angesetzt war.

Anwesend waren dort auch die für die Razzia verantwortlichen Polizeikräfte, die schon mit diversen Ermittlungsergebnissen aufwarten konnten. Den Zugang zu den unterirdischen Räumen hatte man sich schliesslich mit Hilfe einer kleinen Portion Sprengstoff erzwungen. Drinnen hatte man zwei Leichen gefunden, die eine ohne Zweifel jene von Kurt Schuhmacher, die andere vermutlich jene von Heini Müller. Ein schöner Anblick war das offenbar nicht, denn auch die Ordonnanzpistole eines Offiziers der Schweizer Armee hat eine ziemlich blutige Wirkung, wenn man sie direkt an die Schläfe hält.

Eine erste Rekonstruktion des Tathergangs hatte ergeben, dass es Heini Müller gewesen war, der seinem verehrten Chef einen letzten treuen Liebesdienst erwiesen hatte, indem er ihn erschoss, um ihn vor der drohenden Verhaftung und Blamage zu bewahren – vermutlich auf Anordnung oder Bitte des Chefs selbst. Dann hatte sich Heini Müller ebenfalls durch einen Schuss in die Schläfe selbst getötet.

Allerdings gegenüber der vermuteten Planung etwas zu früh. Man hatte nämlich in dem Raum mit den Kunstschätzen und Appis Kühlsarg Sprengstoffladungen gefunden, die bei Weitem ausgereicht hätten, die ganze Villa in die Luft zu jagen und damit Kunst wie Appi unwiederbringlich zu zerstören. Ein Knopfdruck hätte offenbar genügt, um die Explosion auszulösen.

Warum Heini Müller diesen Knopf nicht gedrückt hatte, obwohl er mit hoher Wahrscheinlichkeit den Befehl dazu von seinem Herrn und Meister bekommen hatte, würde wohl für immer ein Rätsel bleiben. Vielleicht hatte er sich an jenen Offizieren orientiert, die bei der Räumung von Paris, trotz eines Befehls von Hitler, die Stadt und ihre Kunstschätze nicht zerstörten.

Der Krisenstab wollte darüber nicht lange grübeln. Er hatte

ja auch Grund zur Freude über das Ergebnis dieses rätselhaften Entscheids. Und diese Freude teilte er alsbald mit Stadt und Erdkreis, indem er an einer eilends einberufenen Medienkonferenz stolz mitteilte, die entführte Gletscherleiche Appi sei gefunden. Und offenkundig wohlauf und in bestem Zustand. Soweit man das von einer Leiche überhaupt sagen könne.

Nachspiel

Medien und Öffentlichkeit freuten sich ebenfalls über das glückliche Ende des Leichenraubs. Noch mehr beschäftigte sie aber die Person des Entführers. Es war aber auch eine schizophrene Situation: Einerseits ging es um das blutige Ende eines Kriminellen, andererseits war auch eine grosse Persönlichkeit des Rheintals gestorben. Wie Kommentatoren und Leserbriefschreiber mit diesem Zwiespalt umgingen, umfasste alle Schattierungen von Komik bis Tragik.

Die einen plädierten dafür, Schuhmachers bis anhin strahlend helles Bild durch seine unrühmlichen Taten und sein ebensolches Ende wohl zu relativieren, aber nicht gänzlich ins Dunkle umkippen zu lassen. Die anderen betrachteten sein Leben vom Ende her und sahen plötzlich Dinge aus früheren Zeiten in anderem, wesentlich kritischerem Licht. Wieder andere nahmen Schuhmachers gebrochene Biografie zum Anlass, kluge Abhandlungen über die Widersprüchlichkeit und Brüchigkeit jeglicher menschlicher Existenz zu verfassen.

Schuhmachers Bild in der Öffentlichkeit wurde wieder in mildere Farben getaucht, als der Inhalt seines Testaments bekannt wurde, das er lange Zeit vor dem Leichenraub verfasst hatte. Sein beträchtliches Vermögen ging an gemeinnützige Stiftungen, und seine Kunstsammlung verteilte er auf mehrere öffentliche Museen. Auch Heini Müller hatte er grosszügig bedacht, damals noch nicht ahnend, dass dieser ihn höchstens eine Minute lang überleben würde.

Ebenfalls heftig diskutiert wurde die Frage, wie die Existenz dieses treuen Dieners so lange verborgen bleiben konnte. Niemandem war je etwas aufgefallen, abgesehen von den ungewöhnlich hohen Lebensmittelbezügen. Alle Spuren, die von der Polizei gesichert wurden, wiesen darauf hin, dass Müller tatsächlich seine ganze Zeit in den unterirdischen Räumen verbracht hatte, was manche Experten auf eine angeborene

Tageslicht-Allergie zurückführten, andere wiederum auf eine durch einen psychischen Defekt selbst suggerierte.

Überhaupt wurde viel über die Psyche von Heini Müller spekuliert. Man war sich einig, dass es sich um eine tragische Existenz handelte. Seine computertechnische Genialität kontrastierte aber auch allzu schön mit seiner Unfähigkeit, sich in ein normales soziales Leben einzugliedern. Und seine Ergebenheit für Schuhmacher weckte Erinnerungen an andere Herr-und-Knecht-Paare der Weltgeschichte und der Literatur.

Mancher Wissenschaftler hätte gerne das Gehirn von Heini Müller auf organische Defekte hin untersucht, doch davon war nicht viel übrig geblieben. Das Gleichee galt für das Gehirn von Kurt Schuhmacher. Mangels Masse liess sich auch dort nicht mehr feststellen, ob der Entführer unter beginnender Demenz gelitten hatte, wie mancherorts vermutet wurde, oder ob es sich bei seinem Ausraster einfach um Altersstarrsinn und beginnenden Realitätsverlust gehandelt hatte.

Mehr und mehr kippte die öffentliche Stimmung von Empörung zu mildem Verständnis für Schuhmacher. Ein honoriges Lebenswerk war leider, leider durch eine tragische Verknüpfung von Umständen etwas getrübt worden, aber keineswegs entscheidend. Zu diesen Umständen mochten altersbedingte psychische Störungen gehören und Schuhmachers zunehmende Isolation, aber auch die mangelhafte Aufarbeitung der Geschichte der P-26, die so sehr den Werten des alten Kämpfers widersprochen hatte, dass sie fast zwangsläufig zu zunehmender Verbitterung führen musste.

An diesem um Verständnis heischenden Interpretationsmodell von Schuhmachers Tat änderten auch flammende Aufrufe von links nichts, die zur Bekämpfung des rechten Sumpfs aufforderten, weil einmal mehr klar geworden sei, wie fliessend jener die Grenzen zur Kriminalität handhabe. Schuhmacher in einen Topf mit rechtsextremen Kriminellen zu werfen, erschien den meisten so lachhaft, dass sie solche Aufrufe nicht einmal ignorierten.

Stattdessen wurde Schuhmachers Manifest noch einmal

gründlich analysiert und diskutiert. Der allgemeine Tenor lautete, dass mehr als ein Körnchen Wahrheit darin stecke. Allgemein und in Sachen P-26. Weitere ehemalige Mitglieder brachen ihr Schweigen und berichteten von ähnlichen Gefühlen gekränkter Ehre. Bald konnte der Gesamtbundesrat nicht mehr anders, als allen ehemaligen Mitgliedern der P-26, den bekannten und den unbekannten, seinen offiziellen Dank für am Vaterland geleistete Dienste auszusprechen. Zudem beschloss die Landesregierung, am früheren Ausbildungsbunker der P-26 oberhalb von Gstaad eine Gedenktafel anzubringen. Gleichzeitig aber sollte das Eingangstor zu den dortigen unterirdischen Räumen für immer verschlossen werden.

Für diesen Beschluss erhielt der Bundesrat ausnahmsweise von fast allen Seiten Lob. Man pries ihn als ausgewogen, ja weise, weil er einerseits historische Gerechtigkeit schaffe, andererseits das Kapitel für endgültig beendet erkläre. Und weil Schuhmacher das Seine zu diesem versöhnlichen Ende beigetragen hatte, wenn auch auf reichlich verquere Weise, sah man auch ihn jetzt in noch milderem Licht. Man mochte es ihm gönnen, dass er posthum sein Ziel doch noch erreicht hatte. Und passiert war, ausser den beiden tragischen Todesfällen, nichts wirklich Schlimmes. Die Gletscherleiche Appi war ja unversehrt wieder da.

★★★

Während die öffentliche Beschäftigung mit der Geschichte allmählich einschlief und sich die Medien wie jedes Jahr der Frage zuwandten, warum ausgerechnet in der Weihnachtszeit die meisten Partnerschafts- und Familienkonflikte ausbrechen, kamen Adelina und ich eines Abends vor dem Kaminfeuer noch einmal auf das Thema zurück. Wir rauchten unser bewährtes Schmiermittel für die Ganglien und beschworen noch einmal jenen jetzt so entfernt scheinenden Tag im Spätsommer (oder war es schon Frühherbst?) herauf, an dem ich die Gletscherleiche gefunden hatte.

Ich muss dabei ziemlich verklärt aus der Wäsche geguckt haben. Adelina jedenfalls registrierte meinen Gesichtsausdruck und unterstellte mir, nicht zum ersten Mal, ich sei in Appi verknallt. Schon wollte ich zu einer Verteidigungsrede ansetzen, mit Hinweisen auf Nichtvergleichbarkeit und so, weshalb kein Grund zur Eifersucht, doch dann besann ich mich eines Besseren und redete über meine tatsächlichen Gefühle.

Natürlich gab es da eine spezielle Beziehung. Schon weil ich Appi entdeckt hatte und weil es die Umstände mir erlaubt hatten, in Form ihres Porträts im Eis das Bild meines Lebens zu schiessen. Das hatte mich dazu gebracht, mir immer wieder, und manchmal auch zusammen mit Adelina, auszumalen, wie Appi wohl gelebt hat. Vermutlich würde man das nie wirklich wissen können. Umso stärker wirkten meine Vorstellungen. Ich sah vor meinem inneren Auge immer wieder die junge Frau, wie sie ganz allein und mit einem Käselaib auf dem Rücken weit oben den Berg hinaufklettert, und das allein machte sie für mich zu einer starken Frau. Klug musste sie auch gewesen sein, eine Erfinderin und Tüftlerin, wofür der Ur-Appenzeller sprach, den sie bei sich hatte. Keinen Augenblick zweifelte ich daran, dass sie ihn selbst produziert hatte.

Dann war da die Tatsache, dass Appi ein Kind im Leibe trug. Dass sie dennoch allein in so gefährlicher Umgebung unterwegs war, liess darauf schliessen, dass sie keinen männlichen Schutz genoss und von ihrem Liebhaber also vermutlich verlassen worden war. Vielleicht war dieser verheiratet. Oder er gehörte zu den Mehrbesseren und fand Appi nach der Schwängerung plötzlich nicht mehr ausreichend standesgemäss. Das musste ihr sicher wehgetan und sie gekränkt haben, und dazu kamen vermutlich die Sorgen um die Zukunft von Kind und Mutter. So stark sie also war, so viel Kummer musste sie auch erleiden.

All dieses gelebte Leben war auf ihrem Gesicht sichtbar, einem Gesicht, das man, wie bei Mona Lisa, nicht eindeutig als schön bezeichnen konnte, das jedoch eine starke Anziehungskraft ausübte. Auf mich jedenfalls. Wobei ich dieses Gesicht ja noch nicht einmal erblickt hatte, als ich glaubte, ihre Stimme zu hören, bevor ich sie dann entdeckte.

Adelina hatte ihren leisen Eifersuchtsanfall offenbar überwunden und bemerkte, in der ländlich-katholischen Kultur Polens, aus der sie stamme, würde man eine solche Faszination für normal halten. Wenn jemand in einem Moment stürbe, in dem er besonders intensive und starke Gefühle empfinde, dann, so der Volksglaube, würden diese Gefühle am Ort des Ablebens gespeichert und könnten dort von sensibleren Menschen noch lange gespürt werden. Wenn nun, fügte sie als eigene ergänzende Theorie hinzu, als Speichermedium nicht nur die Umgebung zur Verfügung stünde, sondern der verstorbene Leib selbst, so müsste dies die Wirkung noch gewaltig verstärken.

Obwohl ich esoterischen Theorien gegenüber zur Skepsis neige, hielt ich ein solches Phänomen nicht grundsätzlich für unmöglich, auch wenn es dafür keine naturwissenschaftliche Erklärung gab. Jedenfalls noch nicht. Die Anziehungskraft hatte ich ja selbst gespürt. Ein zweifelsfrei existierendes Phänomen hatte keine befriedigende Erklärung, aber das war nun wirklich nichts Neues in meinem Leben.

So erläuterte ich Adelina meine Empfindungen. Das Phänomen, von Appi stark angezogen zu werden, sei tatsächlich real, stellte sie fest, und zwar nicht nur bei mir. Um anschliessend resolut zu verkünden, nach ihrer Meinung sei genau das der eigentliche Grund für Tun und Verhalten von Kurt Schuhmacher gewesen.

Dieser, so fuhr sie fort, hätte ja zwar vermutlich, jedenfalls am Anfang, selbst an den männlichen Quatsch, er müsse eine Mission erfüllen, geglaubt. Dabei könne kein vernünftiger Mensch diesen Mindfuck ernst nehmen. Hirngespinste seien das, von wegen verlorener Ehre und so. Sie traue, nach allem, was sie jetzt gehört habe, Schuhmacher durchaus so viel Restvernunft zu, dass er eines Tages realisiert habe, warum er Appi wirklich entführt hatte: weil er in sie verknallt war.

Wahrscheinlich sei ihm das schon bei Betrachtung meines Bildes passiert. Er habe, unbewusst vermutlich, diesen ganzen ideologischen Popanz rund um die P-26 aufgestapelt, nur um sich selbst eine Rechtfertigung zur Entführung zu geben. Und Appi damit ganz für sich zu haben.

Spätestens als Schuhmacher gefordert habe, diese unsägliche Herz-Skulptur auf dem Bundesplatz aufzustellen, habe man doch merken müssen, dass er nicht mehr rational im Interesse eines übergeordneten Planes handelte, sondern offenen Auges sein Ende provozierte. Wahrscheinlich sei ihm die Vorstellung, Appi wieder hergeben zu müssen, unerträglich gewesen. In diesem Moment müsse ihm der Tod gnädiger erschienen sein als diese Trennung. Und zweifellos habe Schuhmacher den Mythos gekannt und verinnerlicht, wonach wahrhaft Liebende nur im Tod vereint sein könnten. Wie bei Romeo und Julia. Oder bei Tristan und Isolde.

Ich staunte einmal mehr über Adelinas Einfühlungsvermögen. Erst vor Kurzem hatte ich nämlich ein Ermittlungsdetail erfahren, von dem Adelina noch nichts wusste: Der Doppel-Selbstmord war von Musik begleitet gewesen. Von der Vorliebe Schuhmachers für Richard Wagner wusste man, weshalb es niemanden erstaunte, dass es sich um Klänge des Meisters handelte. Die Begleitmusik zum Sterben stammte aber nicht etwa, wie zu erwarten gewesen wäre, aus der «Götterdämmerung». Vielmehr lief «Isoldes Liebestod».

Ich gratulierte Adelina zu ihrer treffsicheren Diagnose und beruhigte sie dann, ich hätte keinerlei derartige Gelüste, und überhaupt sei die Intensität meiner Gefühle für Appi, jetzt, wo sie heil wiederaufgetaucht sei, deutlich am Abnehmen. Von Verliebtheit könne keine Rede sein. Verliebt sei ich nur in sie, und nur sie wirke auf mich anziehend und begehrenswert. Das würde ich ihr jetzt gleich beweisen. Was ich denn auch alsbald tat.

★★★

Das glückliche Ende der Entführung hatte für mich persönlich die ebenso glückliche Konsequenz, dass ich nicht mehr für den Krisenstab tätig sein musste und wieder mehr Zeit hatte, mich anderen Projekten – und natürlich Adelina – zuzuwenden. Allerdings war ich Appi noch immer nicht ganz los. Jetzt kam eine Frage wieder auf den Tisch, die während der Entführung, als man andere Sorgen hatte, unter den Tisch gefallen war: Was sollte künftig mit Appi geschehen?

Der Bezirk Schwende, auf dessen Gebiet der Fundort der Gletscherleiche lag, erhob den Anspruch, Appi auf dem eigenen Gemeindegebiet auszustellen. Zwischen der Endstation der Appenzell-Wasserauen-Bahn und der Talstation der Ebenalp-Bergbahn werde sich sicher ein geeignetes Grundstück für den Bau eines würdigen Gebäudes finden. Parkplätze gebe es auch genug, wie man von Spitzentagen der Bergbahn wisse. Es sei doch wohl sonnenklar, dass Appi möglichst nahe an ihrem Fundort platziert werden müsse. Ganz abgesehen vom wirtschaftlichen Segen für den Bezirk, der diesen nun wirklich gut gebrauchen könne. Die Anschubfinanzierung für diesen Geldsegen müsse natürlich von aussen kommen, man hoffe auf reiche Subventionen aus Appenzell und aus Bern.

Innerrhodens Hauptort Appenzell argumentierte dagegen, es sei ökologisch unsinnig, die zu erwartenden Touristenströme bis ganz hinten ins Tal zu schleusen. Da ohnehin alle Besucher des Appenzellerlandes in den Hauptort kämen, würde man Appi doch am besten gleich dort ausstellen.

Allerdings hatten keineswegs alle, die diesen Grundgedanken teilten, dieselben Vorstellungen von dessen konkreter Ausgestaltung. Die einen wollten Appi im Lokalmuseum zeigen, andere einen Anbau an das Liner-Museum, wieder andere planten einen repräsentativen Neubau moderner Museumskunst an einem zentralen Ort.

Schliesslich meldete sich auch noch der Bezirk Oberegg zu Wort, der als katholische Exklave mitten im protestantischen Ausserrhoden weit weg vom Rest Innerrhodens immer um Status und Einfluss zu kämpfen hat. Um diesem vernachlässigten Kantonsteil den nötigen Respekt zu erweisen und für mehr Einnahmen zu sorgen, so wurde vorgeschlagen, könnte man die Gletscherleiche doch auf ihrem Bezirksgebiet ausstellen, zum Beispiel auf dem St. Anton, wo man als Zugabe auch gleich noch die schönste Aussicht des ganzen Kantonsgebiets habe.

Die unterschiedlichen Lager standen sich unversöhnlich gegenüber, der Streit drohte ernsthaft zu eskalieren. Da bat mich die Sortenorganisation Appenzeller Käse ein letztes Mal um Unterstützung. Ob ich nicht ein vermittelndes Gespräch leiten könne? Als Finder von Appi und als Mitbeteiligter an ihrer Befreiung hätte ich dazu die nötige Autorität.

Das vielleicht, aber woher die nötigen Kompetenzen als Moderator nehmen? Je nun, es wäre nicht das erste Mal in meinem Leben, dass ich mich an etwas wage, wovon ich eigentlich keine Ahnung habe, und es dann doch ganz gut hinkriege. Also sagte ich zu.

Mir war klar, dass ich als Mediator, der jede eigene Position in der umstrittenen Frage tunlichst zu vermeiden hat, eine glatte Fehlbesetzung gewesen wäre. Ich hatte sehr wohl eine Meinung. Und die trug ich, nachdem schnell klar geworden war, dass sich die Standpunkte nicht im Geringsten angenähert hatten, denn auch in Form einer fulminanten Rede vor.

Zunächst erinnerte ich die Anwesenden daran, worum es eigentlich ging. Ich bezeichnete den Fund der ersten Appenzellerin als ausgesprochenen Glücksfall. Richtig genutzt würde er dazu beitragen, die ohnehin schon starke Marke Appenzell noch weiter zu stärken. Appenzell war ja bereits in die oberste Etage des Marken-Olymps aufgestiegen, denn Appenzell war schon jetzt mehr als eine Marke, nämlich ein Mythos. Dieser Mythos hat mit Appi eine neue Dimension erreicht, weil er in ihrer Gestalt eine sichtbare Verkörperung erfahren hat.

Dazu kommt, dass Appi den Ur-Appenzeller bei sich hatte. Appenzeller Käse ist ja ohnehin ein starkes Element des Mythos Appenzell. Jetzt, wo der sichtbare Beweis vorliegt, dass die

Behauptung, man habe eine siebenhundertjährige Tradition, stimmt, wird auch dieser Mythos noch einmal stärker und lebendiger werden. Wenn man denn die Potenziale richtig nutzt.

Das wiederum ist nur möglich, fuhr ich fort, wenn alle am selben Strick ziehen, wenn man sich einig ist. Um das zu erreichen, ist es nützlich, sich auf jene Werte zu besinnen, die im Appenzellerland besonders hochgehalten werden. Zum Beispiel Traditionsbewusstsein. Das allerdings ist kein klarer Begriff. Manche Appenzeller Tradition, die den Touristen und den nicht wissenden Einheimischen gerne als uralt verkauft werde, habe ihre Wurzeln in Wirklichkeit erst im 19. Jahrhundert. Es kommt also immer darauf an, an welche Zeit man seine Traditionen anknüpfen will.

Bei Appi sei das unbestritten. Vor siebenhundert Jahren aber gab es noch kein Appenzell im Sinne eines unabhängigen Gebiets, nur erste Bemühungen in diese Richtung. Insofern ist Appi wirklich die erste Appenzellerin. Und zwar einfach Appenzellerin, nicht Appenzell-Ausserrhödlerin oder -Innerrhödlerin. Damals konnte sich noch kein Mensch vorstellen, dass man sich eines Tages in zwei Halbkantone teilen würde.

An dieser Stelle flocht ich einen Witz ein, der schön das Verhältnis beschreibt, das die beiden Halbkantone mittlerweile zueinander entwickelt haben: Im Kantonsspital St. Gallen warten in der Gebärabteilung drei werdende Väter, einer aus St. Gallen, einer aus Ausserrhoden und einer aus Innerrhoden. Die Säuglingsschwester kommt mit drei Neugeborenen auf dem Arm und erklärt, es sei leider eine schreckliche Panne eingetreten, man hätte die Babys verwechselt und wisse nun nicht mehr, welches zu welchem Vater gehöre.

Der St. Galler erklärt entschlossen, eines der drei gleiche so sehr ihm, dass seine Vaterschaft unzweifelhaft sei. Es bleiben zwei Babys übrig – ein weisses und ein schwarzes. Der Innerrhödler deutet auf das dunkelhäutige und erklärt es zu seinem. Die Säuglingsschwester schaut ihn erstaunt an und stottert etwas davon, das bedeute ja, das ihn seine Frau betrogen habe. Das sei ihm egal, antwortet dieser, Hauptsache sei doch, dass sein Kind nicht von einem Ausserrhödler gezeugt worden sei.

Ich erinnerte daran, dass sich solche Animositäten keineswegs auf das Appenzellerland beschränken, sondern überall vorkommen, wo sich Nachbarn so ähnlich sind, dass sie zwanghaft nach Unterschieden und Abgrenzungen suchen müssen. Was, fügte ich hinzu, keineswegs bedeutet, dass man sich auf ewig daran festklammern muss. Viel intelligenter, und auch dafür sind die Appenzeller bekannt, ist es, sich an die gemeinsame Vergangenheit zu erinnern und daran anzuknüpfen.

Ein weiterer Wert, den man den Appenzellern zuschreibt, ist Bodenständigkeit, was ja nichts anderes bedeutet, als einen ausgeprägten Sinn für Realitäten zu haben. In den Fragen rund um Appi besteht diese Realität, stellte ich fest, darin, dass man sich in Innerrhoden offensichtlich nicht auf einen Standort einigen kann. In einem solchen Fall gebietet es der Realitätssinn, dass man den Blick für mögliche Lösungen ausweitet. Über die engen Grenzen des Halbkantons hinaus.

Dabei, so kam ich jetzt allmählich auf den Punkt, muss man gar nicht weit suchen. Die Versammlung fand, muss man wissen, nämlich nicht auf dem Gebiet von Innerrhoden statt, weil sich die Streithähne nicht auf einen Versammlungsort hatten einigen können. Stattdessen war man ins ausserrhodische Stein ausgewichen, genauer ins dortige Volkskundemuseum, das direkt neben der Schaukäserei steht. Dort fand gerade eine Ausstellung unter dem Titel «Das Geheimnis des Appenzellers» statt, wobei offenblieb, ob es sich um den Bewohner des Landstrichs handelte oder um den Käse. Jedenfalls hatte man alle Versammlungsteilnehmer überzeugen können, dass dies der richtige Platz war, um sich über die Zukunft von Appi zu einigen.

Wenn dem so ist, kam ich zum Schluss, liegt die Folgerung doch nahe, dass dies auch der richtige Ort für Appi ist. Der Ur-Appenzeller ist in dieser Umgebung ohnehin am besten aufgehoben, und die erste Appenzellerin und ihr Käselaib gehören doch einfach zusammen. Ein paar Probleme, etwa die nötigen Erweiterungsbauten und die zusätzlich benötigten Parkplätze, sind zwar noch zu lösen, aber das ist zu schaffen. Und der Schluss ist für mich klar. Appi gehört hierher.

Erst herrschte Schweigen. Dann meldete sich jemand zu Wort und befand, ein Innerrhoder Fundstück in Ausserrhoder Hände zu geben, sei doch wohl ein Witz. Was mir ein weiteres Argument lieferte. Witzigkeit ist ein wichtiges Element des Appenzeller Mythos. Und wie könnte diese Eigenschaft besser dokumentiert und bewiesen werden, als dadurch, dass man einen offenkundigen Witz in die Realität umsetzt?

Damit überzeugte ich auch die letzten Zweifler. Einstimmig wurde beschlossen, dass die Gletscherleiche zusammen mit ihrem Käse in würdiger Form in einem Anbau des Volkskundemuseums den staunenden Touristen gezeigt werden sollte.

Mittlerweile ist die Planung weit fortgeschritten. Man hat die Spezialisten aus Bozen beigezogen, die bei Ötzi seinerzeit vor ganz ähnlichen Herausforderungen gestanden haben. Die Sache wird nicht ganz billig werden, schon wegen der nötigen Sicherheitsvorkehrungen, um eine zweite Entführung zu verhindern, doch die Geldgeber zeigen sich grosszügig. In ein paar Monaten wird es so weit sein, dass Appi, ähnlich wie Ötzi, hinter dickem Glas und nur spärlich beleuchtet, in ihrer ganzen Schönheit sichtbar sein wird. Dann werde auch ich sie endlich wiedersehen können.

Die Sortenorganisation Appenzeller Käse hatte mir für meinen Beitrag zur Lösung der Standortfrage, die ganz im eigenen Interesse lag, ein ordentliches Zusatzhonorar bezahlt. Jetzt war ich endlich in der Lage, Adelina zu einer schönen Kurzreise einladen zu können. Mittlerweile war es Frühling geworden, jedenfalls südlich der Alpen, und so buchte ich einige Tage im Parkhotel Laurin in Bozen, das ich von einer früheren Einladung zu einem Vortrag schon kannte.

Dort genossen wir den wunderschönen Park, bummelten

durch die Altstadt von Bozen, kauften dieses und jenes und machten einen Ausflug nach Meran und zum Schloss Trauttmansdorff, wo der Schaugarten gerade seine Frühlingspracht entfaltete. Dort fanden wir endlich Gelegenheit, etliche stattliche Eichen zu umarmen.

Natürlich realisierten wir auch meinen Hintergedanken bei der Wahl von Bozen als Reiseziel und besuchten Ötzi. Über ihn hatte ich wegen Appis Entführung alles gelesen, was es zu lesen gab. Und ich hatte das Bild im Kopf, dass sich vor dem Museum, in dem er ausgestellt ist, lange Besucherschlangen bis hinaus auf die Strasse bildeten.

Davon war jetzt nichts mehr zu sehen. Das Interesse an Ötzi war offenbar gestillt – eine Beobachtung, die ich unbedingt auch den Planern zu Hause mitteilen musste. Der Raum, in dem man Ötzi hinter Glas betrachten konnte, wozu es eine kleine Rampe zu erklimmen gab, war fast leer. Wir hatten Zeit genug, die kleine, irgendwie hilflos wirkende Gestalt in Augenschein zu nehmen.

Dann zog es Adelina zum nächsten Ausstellungsraum, wo Ötzis ganze Ausrüstung zu besichtigen war, unter anderem eine ausgesprochen modisch wirkende Bärenfellmütze. Ich dagegen spürte das Bedürfnis, noch einmal zu Ötzi zurückzukehren. Diesmal war ich ganz allein mit ihm.

Plötzlich hatte ich das Gefühl, die Gletscherleiche würde mir zuzwinkern. Als Dank für die Rettung einer Artgenossin.

Wir hatten vorher dem guten Südtiroler Wein schon zugesprochen, und die Sonne hatte dabei unbarmherzig auf uns niedergestochen. Weil ich deshalb nicht ganz ausschliessen konnte, dass ich einer Sinnestäuschung erlegen war, erzählte ich Adelina nichts von meinem Erlebnis. Stattdessen umarmte ich sie von hinten. Als ich dabei ihren warmen und lebendigen Leib spürte, flüsterte ich ihr ins Ohr, ich wüsste nun wieder, dass es Wichtigeres im Leben gebe als Gletscher- oder sonstige Leichen …

Andreas Giger
EINE LEICHE IN DER BLEICHE
Broschur, 128 Seiten
ISBN 978-3-95451-007-8

«Andreas Giger schreibt einen süffigen Stil, und es gelingt ihm, zahlreiche Schauplätze so in die Handlung einzubauen, dass ein Führer durch die Eigen- und Besonderheiten der beiden Appenzell entsteht.» Appenzeller Volksfreund

Andreas Giger
MORD IM NORD
Broschur, 144 Seiten
ISBN 978-3-95451-068-9

«Spannend und süffig geschriebene Geschichte.»
Appenzeller Volksfreund

www.emons-verlag.de